미야모토 무사시 8

불패의 검성劍聖
미야모토 무사시 8
이천二天의 장

초판 1쇄 발행	2015년 1월 20일
초판 5쇄 발행	2019년 4월 30일

지은이	요시카와 에이지
옮긴이	강성욱
펴낸이	한승수
펴낸곳	문예춘추사
편 집	신주식 고은정
마케팅	심지훈
디자인	오성민

등록번호	제300-1994-16
등록일자	1994년 1월 24일
주 소	서울특별시 마포구 연남동 565-15 지남빌딩 309호
전 화	02 338 0084
팩 스	02 338 0087
블로그	moonchusa.blog.me
E-mail	moonchusa@naver.com

ISBN	978-89-7604-217-0 04830
	978-89-7604-209-5 04830(전 10권)

不敗의 劍聖

미야모토
무사시

8二天
이천의 장

요시카와 에이지 吉川英治 지음
강성욱 옮김

문예춘추사

차례

이천의장

창과
칼

　　　　호소가와 다다토시細川忠利는 조반 전에 공부를 하고 낮 동안에는 번의 사무를 보거나 때로는 에도 성에 들어가 있었다. 그러는 동안에도 수시로 무예를 수련하고 밤에는 대개 젊은 무사들과 함께 허물없이 한담을 나누었다.

"근래에 재미있는 이야기를 들은 적은 없는가?"

　다다토시가 이렇게 말을 꺼내면 가신들은 서로 예의를 지키면서도 가장을 둘러싸고 앉은 가족처럼 이런 일이 있었다며 여러 가지 화제를 꺼냈다. 다다토시도 주종관계가 있기 때문에 공무에 있어서는 엄격한 태도를 견지했지만 저녁 식사가 끝난 뒤에는 가벼운 옷차림으로 숙직을 하는 가신들을 격의 없이 대하며 세상 이야기를 들으며 편한 시간을 가졌다. 게다가 다다토시 자신도 아직 젊기 때문에 무릎을 맞대고 그들이 하고 싶은 말을 듣는 것을 좋아했다. 아니 좋아할 뿐만 아니라 세상물정을 아는 데에 있어 아침에 읽는 경서보다 오히려 살아 있는 공부가 됐다.

"오카타니^{岡谷}."

"예."

"그대의 창 실력이 꽤 늘었다고 하지 않나?"

"꽤 늘었습니다."

"자신의 입으로 그리 말할 정도인가?"

"사람들이 모두 그리 말하는데 저만 겸손해하는 것은 도리어 거짓을 고하는 것이 되지 않습니까?"

"하하하, 꽤나 자신이 있는 게로군. 어디 어느 정도인지 언제 한번 봐야겠군."

"하여 빨리 출전하는 날이 오기를 바라고 있지만 당최 오지 않습니다."

"오지 않는 것이 좋을지도 모르지."

"주군께선 요사이 유행하는 노래를 아직 모르시는 듯합니다."

"어떤 노래 말인가?"

"창병^{槍兵}은 많아도 오카타니 고로지^{岡谷五郎次}의 창이 최고다."

"거짓말 말게."

다다토시가 웃자 모두 웃었다.

"그건 '나고야 산자^{名古屋山三}는 최고의 창'이라는 노래가 아닌가?"

"아, 알고 계셨군요."

"그 정도는……."

다다토시는 말을 계속하려다 삼가면서 물었다.

"평소 수련할 때 창을 쓰는 자와 칼을 쓰는 자 중, 어느 쪽이 더 많은 가?"

그 자리에 있던 일곱 명 중 다섯 명이 창이라고 했고 칼이라고 한 자는 두 명밖에 없었다. 다다토시가 창이라고 말한 자에게 물었다.

"왜 창을 배우는가?"

"전장에서는 칼보다 창이 유리하기 때문입니다."

"그러면 칼을 쓰는 자는?"

칼을 수련하고 있다는 두 명이 대답했다.

"전장에서 뿐 아니라 평시에도 유리하기 때문입니다."

창이 유리한가, 칼이 유리한가는 항상 토론의 주제가 되었다. 창을 쓰는 자들은 전장에서는 평소의 잔재주 훈련 따윈 도움이 되지 않으며 무기는 몸이 다룰 수 있을 만큼 긴 것이 유리하고 주장했다. 특히 창에는 찌르고 후려치고 끌어당기는 세 가지 득이 있으면서도 싸우다 부러지면 칼을 대신 쓸 수 있지만 칼은 부러지거나 휘면 그것으로 끝장이라고 했다.

이에 대해 칼이 유리하다는 자들은 무사는 전장에서 뿐 아니라 앉아 있거나 누워 있을 때에도 항상 칼을 자신의 혼처럼 여기며 가지고 있기 때문에 검술을 수련하는 것은 평소에 혼을 닦는 것이라고 주장했다. 그래서 전장에서 다소의 불리함이 있어도 칼을 본위로 해서 무예를 연마해야 하며, 무도의 심오한 경지에 이르면 칼로써 터득한 비법으로 창을 들면 창을 다룰 수 있고 철포도 능히 다룰 수 있으니 결코 미숙한 실수를 저지르지 않을 일기만법—技萬法이고 하였다.

이 논쟁은 끝이 날 것 같지 않았다. 다다토시는 어느 편에도 가담하지 않고 듣고 있다가 칼에 이로움이 있다고 역설하는 마쓰시타 마이노스케松下舞之允라는 젊은 무사에게 물었다.

"마이노스케, 방금 한 말은 아무래도 그대의 생각이 아닌 듯한데 누가 한 말인가?"

마이노스케가 정색을 하고 말했다.

"아닙니다. 제 지론입니다."

다다토시가 다 알고 있다는 듯 말하자 마이노스케는 결국 자백을 하고 말았다.

"사실은 언젠가 이와마 가쿠베 님의 댁인 이사라고伊皿子에 초대를 받아 갔을 때, 똑같은 논쟁이 벌어졌는데 마침 동석을 한 사사키 고지로라고 하는 식객에게서 들은 말입니다. 하지만 제 평소의 주장과 일치하기 때문에 저의 생각으로서 말씀드린 것이지 속이려는 뜻은 없었습니다."

"그것 보게."

다다토시는 쓴웃음을 짓다가 문득 번의 공무 하나를 떠올렸다. 그것은 일찍이 이와마 가쿠베가 천거한 사사키 고지로라는 자를 받아들일지 말지 아직도 정하지 못하고 있었던 것이다. 가쿠베는 그를 천거하면서 아직 젊기 때문에 이백 석을 내리면 된다고 했지만 문제는 녹봉이 아니었다. 한 사람의 무사를 키우는 것이 얼마나 중요한지, 특히 새로 받아들일 경우에는 더욱 그러하다는 것을 부친인 호소가와 산사이細川三斎에게 배웠다.

첫째는 인물이고 둘째는 화和였다. 아무리 크고 좋은 돌이라고 해도 이미 담을 이루고 있는 돌과 돌 사이에 맞는 돌이 아니면 사용할 수는 없었다. 조화를 이루지 못하는 것은 그것이 아무리 얻기 어려운 돌이라고 해도 성벽의 일석으로 받아들일 수는 없었다. 세상에는 애석하게도 그런 모난 부분 때문에 들판에 묻혀 있는 돌들이 헤아릴 수 없을 만큼 많았다.

특히 세키가하라 전투 후에는 더 많을 것이었다. 또 다이묘들의 입장에서 보면 어떤 담에라도 끼울 수 있는 적당한 돌들이 너무 많아서 주체할 수 없을 정도였고, 그중에서 눈여겨보던 돌은 막상 모가 너무 많이 났거나 타협의 여지가 없어서 자신에 밑으로 받아들일 수 없는 경우가 많았다.

그런 점에서 고지로가 젊고 게다가 뛰어나다는 점은 호소가와 가로 받아들이는 데 있어서는 무난한 자격이었다. 그는 젊은데다가 아직 성벽의 돌로 다듬어지지 않은 미완성 상태였기 때문이었다.

호소가와 다다토시는 사사키 고지로를 생각하면 자연스럽게 미야모토 무사시를 떠올렸다. 무사시에 대해 노신인 나가오카 사도에게 처음 들었다. 예전에 사도가 오늘 밤과 같이 군신이 한자리에 모여 있을 때 문득 이야기를 꺼냈었다.

"근래 별난 무사 한 명을 보았습니다."

사도는 호덴가하라의 개간에 대해 이야기했는데 그 뒤 호덴가하라에서 돌아와서는 탄식을 하며 복명했다.

"애석하게도 그 후의 행방을 알 수 없습니다."

다다토시는 단념하지 않고 꼭 만나 보고 싶은 자라고 사도에게 얘기했다.

"잊지 않고 있으면 거처도 알 수 있을 것이네. 사도, 자네도 기억하고 있게."

다다토시는 어느 순간부터 마음속으로 이와마 가쿠베가 천거한 사사키 고지로와 무사시를 서로 비교하고 있었다. 사도의 말을 들으면 무사시는 무예가 뛰어날 뿐만 아니라 산야의 부락민들에게 황무지를 개간하는 법과 스스로를 지키는 법을 가르친 인물이었다. 또 이와마 가쿠베의 말을 들으면 사사키 고지로는 명문가의 자손으로 검에 조예가 깊고 군법에도 능했다. 또 젊은 나이에 이미 간류巖流라는 일파를 세웠으니 그 역시 예사 호걸이라고 여겨지지 않았다. 특히 가쿠베 외에 다른 사람들에게도 고지로의 검명을 계속해서 듣고 있었다. 스미다 강변에서 네 명의 오바타 문하를 베고 태연하게 돌아갔고, 간다神田강의 제방에서의 일뿐 아니라 호조 신조까지 꺾은 소문도 종종 화제에 올랐다.

그에 비해 무사시란 이름은 전혀 들을 수가 없었다. 몇 년 전, 교토의 일승사에서 수십 명의 요시오카 일문을 상대로 싸워 이겼다는 소문이 한동안 파다했었는데 그것은 곧 거짓이라는 소문이 돌았고 또 자신의 이름을 팔기 위해 수단을 가리지 않는 자로 결정적인 순간에 에이 산으로 도망쳤다고도 했다. 그 외에도 무사시라는 이름이 거론되면 이내 그와 반대되는 나쁜 소문이 돌아 그의 이름을 지워버리곤 했다. 그렇게 무사시는 같은 무사들 사이에서도 있는지 없는지 그 존재조차 의심이 드는 존재였다.

더구나 무사시는 미마사카노구니美作國의 산촌에서 태어난 이름도 없는 향사의 자식이어서 아무도 눈여겨보는 자가 없었다. 오와리尾張 지방의 나카무라中村라는 한촌에서 도요토미 히데요시라는 인물이 나왔지만 세상은 여전히 계급을 중시하고 혈통을 과시하는 풍조에서 조금도 벗어나지 못하고 있었다.

"그렇지!"

다다토시는 무릎을 탁 치며 젊은 무사들을 둘러보더니 무사시에 대해 물어보았다.

"그대들 중에 미야모토 무사시란 자를 알고 있는 사람은 없는가? 무슨 소문이라도 들은 적은 없는가?"

그들은 서로 쳐다보면서 말했다.

"무사시?"

모두가 무언가를 알고 있는 듯 말했다.

"근래 그 무사시란 이름이 마을 네거리마다 나와 있어 모두 이름만은 알고 있습니다만."

"아니, 무사시의 이름이 네거리마다 나와 있다니 대체 무슨 말인가?"

다다토시는 눈이 둥그레졌다.

"팻말에 쓰여 있기 때문입니다."

한 명이 그렇게 말하자 모리※라는 자가 말했다.

"그 팻말의 글을 다른 사람들이 베껴 가기에 소인도 재미있을 듯하여 종이에 베껴 왔는데 들어 보시겠습니까?"

"읽어 보게."

모리가 종이를 펼쳐 들고 읽기 시작했다.

　언제가 우리에게 등을 보이고 도망친 미야모토 무사시에게 고하노라.

모두가 쿡쿡거리며 웃었지만 다다토시는 진지했다.

"그뿐인가?"

"아닙니다."

모리는 계속 읽어 내려갔다.

　혼이덴가의 노파도 원수인 너를 찾고 있다. 우리도 형제의 원한이 있

　다. 나타나지 않으면 무사가 아닐 것이다.

"이것은 한가와라 야지베라는 자의 부하들이 써서 곳곳에 세워 놓은

창과 칼

것이랍니다. 그 내용이 사뭇 건달다워서 사람들이 재미있어 합니다."

다다토시는 자신이 생각하던 무사시와 너무나 달라서 씁쓸한 표정을 지었다. 사람들이 뱉는 침이 무사시를 향한 것이 아니라 흡사 자신의 아둔함을 비웃고 있는 듯했다.

"음, 그런 인물이었단 말인가."

다다토시가 아직 일말의 미련을 버리지 못하고 그렇게 말하자 모두가 이구동성으로 말했다.

"아무래도 변변치 않은 자인 듯합니다."

"심히 비겁한 자인 듯합니다. 사람들에게 이렇게까지 창피를 당하면서도 일절 모습을 드러내지 않는다고 하니 말입니다."

이윽고 종이 울리자 모두들 퇴청했다. 다다토시는 잠자리에 들어서도 생각에 잠겨 있었는데 오히려 그의 생각은 사람들의 소문과는 조금 달랐다.

"재미있는 자이군."

그는 무사시의 입장에 서서 이것저것 복잡하게 생각해 보는 것에 흥미를 느꼈다.

다음날 아침, 평소처럼 경서를 읽다 툇마루에 나오자 정원에 나가오카 사도가 있었다.

"사도, 사도."

다다토시가 이름을 부르자 사도는 뒤를 돌아보더니 정원 끝에서 공손히 아침 인사를 올렸다.

"그 후로 명심하고 있는가?"

사도는 갑작스러운 다다토시의 말에 그는 그저 눈만 크게 뜨고 멀뚱히 쳐다보았다.

"무사시 말이네."

다다토시가 덧붙였다.

"예에."

사도가 머리를 숙이며 대답했다.

"좌우지간 찾거든 한번 데려오게. 그를 만나 보고 싶네."

같은 날, 평소와 다름없이 다다토시가 점심이 조금 지나서 활터에 나타나자 그를 기다리고 있던 이와마 가쿠베가 은근히 고지로를 다시 천거했다. 다다토시는 활을 잡으며 고개를 끄덕이며 말했다.

"잊고 있었군. 가부는 그를 본 후에 결정할 일이지만 언제라도 좋으니 한번 그 사사키 고지로라는 자를 이 활터로 데려오게."

자객

고지로의 거처는 이사라고 언덕의 중턱에 있는 이와마 가쿠베의 사택 안에 독립된 공간으로 협소한 별채였다.

"계십니까?"

고지로를 찾아온 사람이 있었다. 고지로는 안쪽에 앉아서 애검인 모노호시자오를 조용히 바라보고 있었다. 집주인인 가쿠베에게 부탁해서 호소가와가에 출입하는 즈시노 고스케에게 검을 갈아 달라고 했었다. 그런데 그 사건 후로 고스케와 껄끄러운 사이가 된 고지로가 가쿠베를 재촉하자 오늘 아침 고스케가 돌려보냈던 것이다.

'당연히 갈지 않았을 것이다.'

고지로가 그렇게 생각하고 방 한가운데에 앉아서 뽑았더니 검은 깊고 검푸른 백년의 때를 벗고 마치 깊은 연못의 물처럼 깊고 찬연한 은빛 광택을 발하고 있었다. 군데군데 멍처럼 녹슬어 있던 옅은 반점도

지워져 있었고 핏자국에 가려져 있는 본연의 은빛 무늬도 으스름달 밤의 하늘처럼 아름다운 모습을 드러냈다.

"정말 대단하군."

고지로는 하염없이 바라보았다.

이곳은 달의 곳이라고 불리는 고지대에 있었기 때문에 앉아서도 시바노하마芝之浜에서 시나가와品川의 바다는 물론이고 가즈사上総의 먼 바다에서 이는 구름 봉우리와도 마주할 수 있었다. 그 구름 봉우리의 그림자나 시나가와 바다의 빛이 검 속에 녹아들어 있었다.

"어디 가셨나? 고지로 님 안 계십니까?"

문밖에서 들렸던 목소리가 잠시 시간이 두고 다시 사립문 쪽에서 들렸다.

"누구시오?"

고지로는 칼을 칼집에 넣고 말했다.

"여기 있으니 볼일이 있으면 사립문에서 툇마루 쪽으로 돌아오시오."

"아, 계시는 듯하군."

오스기와 한 명의 사내가 툇마루 앞쪽에 모습을 드러냈다.

"누군가 했더니 할머님이셨군요. 날도 더운데 용케 오셨습니다."

"인사는 뒤에 하기로 하고, 우선 발을 좀 씻고 싶은데……."

"저기에 우물이 있는데 여긴 고지대여서 굉장히 깊습니다. 어이, 할머니가 빠지면 안 되니 도와 드리게."

고지로가 말한 사내는 오스기에게 길 안내를 해 주기 위해 한가와라의 집에서부터 따라온 건달이었다.

우물가에서 땀을 닦고 발을 씻은 오스기는 이윽고 방으로 들어와서 인사를 한 후 불어오는 바람에 눈을 가늘게 뜨며 말했다.

"이렇게 시원한 집에서 한가로이 계시면 게으름뱅이가 되지 않겠소이까?"

고지로가 웃으며 대꾸했다.

"전 마타하치와는 다릅니다."

오스기는 잠시 씁쓸한 표정으로 눈을 깜박이다가 말했다.

"참 그렇지, 선물은 없지만 이건 내가 베낀 경문인데 한 부 드릴 테니 한가할 때 읽어 보시지요."

오스기는 그렇게 말하고《부모은중경》한 부를 꺼냈다. 고지로는 전부터 오스기의 비원을 듣고 있었기 때문에 저것인가, 하고 바라만 보고 있었다.

"아, 참 그렇군. 거기 자네!"

고지로가 뒤에 있는 사내에게 물었다.

"언젠가 내가 써 준 팻말의 글은 거리마다 세워 놓았나?"

"무사시 나오너라, 나타나지 않으면 무사가 아닐 것이다, 라고 쓴 팻말 말씀입니까?"

고지로가 고개를 끄덕이며 말했다.

"그래, 네거리마다 세워 놓았는가?"

"이틀 동안 눈에 잘 띄는 장소에 거의 다 세워 놓았는데 선생님은 보지 못하셨습니까?"

"볼 필요도 없다."

오스기가 옆에서 끼어들었다.

"오늘도 여기까지 오는 도중에 그 팻말을 보았는데 팻말이 세워진 곳마다 사람들이 모여 수군거리고 있더군. 얼핏 들어도 속이 다 시원하고 고소했소이다."

"그 팻말을 보고도 나타나지 않는다면 무사시는 무사로서의 생명이 끝난 것이나 마찬가지일 테고, 천하의 웃음거리가 될 것입니다. 할머니도 그것으로 이젠 원한이 풀렸다 해도 좋을 겝니다."

"아니요. 아무리 사람들이 비웃는다 해도 수치를 모르는 그놈은 아무렇지도 않을 게요. 그 정도로는 내 가슴속 원한은 풀리지 않소이다."

"후후후."

고지로는 오스기의 일념을 헤아리며 웃으면서 말했다.

"과연, 할머니는 아무리 나이를 드셔도 처음의 뜻을 조금도 굽히지 않으시니 이거 존경스럽습니다."

고지로는 오스기를 부추기더니 다시 물었다.

"그런데 오늘 이처럼 찾아온 연유는 무엇입니까?"

오스기는 새삼 자세를 고쳐 앉더니 진지한 얼굴로 고지로에게 말했다.

"다름이 아니라 한가와라의 집에 몸을 의탁한 지도 벌써 이 년이나 되는데 언제까지 신세를 지고 있는 것도 뭐하고, 이젠 사내들의 뒷일을 하는 것도 지쳤소이다. 때마침 요로이鎧 나루터 근방에 적당한 셋

집이 비어 거기로 옮겨 혼자서 살고 싶은데 어떻게 생각하시는지요? 당분간은 무사시도 나타날 것 같지 않고, 마타하치도 여기 에도에 있는 게 틀림없지만 거처도 모르니 고향에서 돈을 가져와서 잠시 그곳에 있고 싶은데……."

이의가 있을 리가 없는 고지로가 그렇게 하는 것도 좋을 듯하다고 했다. 실은 고지로는 한때 흥미도 있었고 이용할 가치도 있었지만 요사이는 건달들과 어울리는 것도 조금 성가셨다. 새로운 주군을 섬기게 됐을 때의 상황도 고려하면 이 이상 깊이 관여하는 것은 금물이라고 생각했다. 그래서 근래는 그들의 수련에도 발을 끊고 있던 참이었다. 고지로는 이와마가의 하인을 불러 뒤란의 밭에서 수박을 따 오게 해서 오스기와 사내에게 대접했다.

"무사시에게 무슨 소식이라도 오면 바로 내게 알리게. 난 요즘 바쁘니 당분간 발길을 하지 않을 것이네."

고지로는 그렇게 말하고 해가 지기 전에 두 사람을 쫓아내듯 돌려보냈다. 오스기가 돌아가자 고지로는 방을 대충 치우고 마당에도 우물의 물을 뿌렸다. 참마와 박의 덩굴이 담장부터 물을 담아 둔 대야까지 친친 감고 있었다. 하얀 꽃들이 저녁 바람에 하늘거렸다.

"가쿠베 님은 오늘도 숙직인가?"

안채에서 피어오르는 모기향을 바라보면서 고지로는 방 한가운데에 드러누웠다. 등불은 필요 없었다. 등불을 켠다 해도 곧 바람에 꺼질 것이었다. 잠시 후 초저녁달이 바다에서 떠올라 그의 얼굴을 비췄다. 그때, 한 젊은 무사가 언덕 아래의 묘지에서 울타리를 뚫고 이곳 이사라고 언덕의 벼랑으로 들어왔다.

이와마 가쿠베는 번^藩에 갈 때에는 늘 말을 타고 갔지만 자신의 집이 있는 언덕 아래에 이르면 말에서 내렸다. 그러면 그의 모습을 본 절의 문 옆에 있는 꽃집 노인이 나와서 그의 말을 맡아 주었다. 그런데 오늘 저녁은 꽃집 처마를 들여다보아도 노인의 모습이 보이지 않자 가쿠베는 자신이 직접 뒤쪽 나무에 고삐를 매고 있었다.

"아, 나리."

꽃집 노인이 절의 뒷산에서 뛰어내려와 여느 때처럼 가쿠베의 손에서 말을 넘겨받으며 말했다.

"방금 묘지의 울타리를 부수고 길도 없는 벼랑으로 올라가는 수상한 무사가 있어서 거기는 샛길이 아니라고 가르쳐 주자 무서운 얼굴로 이쪽을 돌아보더니 그대로 가 버렸습니다. 요사이 종종 다이묘 저택에 숨어든다는 도적이 아닐까요?"

노인은 아직도 마음에 걸리는지 해가 저물어 어둑어둑해지는 숲 속을 올려다보았다. 하지만 가쿠베는 별로 신경을 쓰지 않았다. 다이묘 저택으로 도적이 숨어든다는 소문은 있었지만 호소가와가는 그런 일을 당한 적이 없었고 부끄럼을 무릅쓰고 자신들의 저택에 도적이 들었다고 나서서 말하는 다이묘도 없었다.

"하하하, 그건 단지 소문에 지나지 않네. 절의 뒷산에 숨어든 자라면 기껏해야 좀도둑이거나 떠돌이 낭인일 걸세."

"하지만 이 부근은 도카이도東海道 가도街道 초입에 해당하기 때문에 타국으로 도망치는 자나 강도들이 종종 나타나는데 저녁에 그런 자들을 보면 그날 밤은 왠지 께름칙해서 말입니다."

"무슨 일이 생기면 바로 달려와서 문을 두드리게. 우리 집에 묵고 있는 분은 그런 때를 학수고대하고 있는데도 그런 일이 전혀 생기지 않아 매일 한탄을 하고 있을 정도이네."

"아, 사사키 님 말씀이군요. 겉모습은 그리 순해 보이는데 실력은 대단하다고 이 근방 사람들 사이에서 평판이 자자합니다."

고지로에 대해 좋은 평판을 듣자 가쿠베는 우쭐해졌다. 그는 젊은 사람을 좋아했다. 특히 요즘은 유능한 청년을 자신의 집에서 기르는 것을 무가의 고상한 미풍으로 여기고 있었다. 또 전쟁이라도 나면 한 명이라도 더 많은 젊은 무사들을 데리고 주군에게 나가는 것이 평소 자신의 소양을 보여 주는 것이었고, 게다가 그 젊은 무사가 출중한 실력을 가진 자라면 주군에게 천거해서 자신의 세력을 쌓는 것이기도 했다.

자신의 일신을 우선하는 일은 가신의 본분에 어울리지 않지만, 호소카와 가문 같이 큰 번에서조차 일신을 버리면서까지 봉공하려는 자는 그리 많지 않았다. 그렇다고 해서 이와마 가쿠베가 불충한 자인가 하면 절대로 그렇지 않았다. 그저 대대로 주군을 섬기고 있는 평범한 무사일 뿐이었고 평소에는 오히려 이런 사람이 남들보다 더 일을 잘하기 마련이었다.

"지금 왔소."

이사라고 언덕은 경사가 심했기 때문에 가쿠베는 집 앞에 이르러 이렇게 말할 때는 언제나 다소 숨을 헐떡이고 있었다. 부인과 자식은 고향에 있기 때문에 이곳에는 남자 하인과 고용한 하녀뿐이었다. 그들은 가쿠베가 숙직을 하지 않는 저녁에는 주인을 기다리며 붉은 대문부터 현관까지 이어지는 대나무 숲에 물을 뿌려 놓았는데 지금도 물방울들이 반짝이고 있었다.

"어서 오십시오."

가쿠베는 고개를 끄덕이더니 하인들에게 물었다.

"응, 사사키 님은 지금 집에 있느냐?"

"오늘은 하루 종일 집에 계신 듯한데 지금 주무시고 있는 듯합니다."

"그렇군. 허면 술상을 준비하고 준비가 끝나면 사사키 님을 이쪽으로 모셔 오너라."

가쿠베가 그사이에 땀이 밴 의복을 벗고 목욕을 한 후에 옷을 갈아입고 서원으로 오자 고지로는 부채를 한 손에 들고 먼저 와 앉아 있었다.

"이제 오셨습니까?"

술상이 들어왔다.

"우선 한잔하십시다."

가쿠베가 술잔을 건네며 말했다.

"오늘은 좋은 일이 있어서 그것을 들려주려고 이렇게……."

"좋은 일이라니요?"

"일찍이 그대를 천거했었는데 주군께서도 점차 그대의 소문을 들으시고 가까운 시일 안에 데려오라 하셨소이다. 이거, 일을 여기까지 성사시키는 데 여간 쉽지가 않았소이다. 가신들이 너도나도 천거하는 자들이 너무 많아서 말이오."

가쿠베는 고지로가 매우 기뻐할 것이라고 기대하고 있었다.

"······"

그러나 고지로는 아무 말도 없이 술잔을 입술에 대고 듣고 있다가 말했다.

"술잔을 받으시지요."

고지로는 잔을 돌려주며 그렇게 한 마디만 할 뿐 기뻐하는 표정이 아니었다. 그러나 가쿠베는 그것을 언짢게 생각하지 않고 오히려 존경한다는 듯 재차 잔을 채우며 말했다.

"이것으로 청을 받은 나도 나름의 보람이 느낄 수 있게 되었소. 오늘 밤 축배를 들도록 합시다."

고지로는 그제야 머리를 조금 숙였다.

"심려를 끼쳐 죄송합니다."

"무슨 말씀, 그대와 같이 출중한 무사를 호소가와가에 천거하는 것도 내 임무 중 하나라오."

"과찬의 말씀입니다. 저는 본래부터 녹봉은 바라지도 않고 그저 호소가와가는 유사이幽齊 공, 산사이 공, 그리고 당주이신 다다토시 공까지 삼 대째 명군의 가문입니다. 그러한 번에 봉공하는 것이야말로 무사의 영광으로 생각하고 청을 드린 것입니다."

"아니오. 나는 조금도 그대를 치켜세운 적이 없소. 사사키 고지로라는 이름은 이미 에도에서 빼놓을 수 없는 이름이 되었소."

"이렇게 매일 빈둥거리는 몸이 어찌 그리 유명해진 것인지."

고지로는 자조하는 듯 쓴웃음을 지으며 말했다.

"제가 딱히 특출해서가 아니라 세상에 겉만 뻔드르르한 자들이 많기 때문이겠지요."

"다다토시 공께서는 언제라도 데려오라 하셨는데, 번에 언제 가시겠소?"

"저도 언제든 좋습니다."

"그럼 내일이라도……."

고지로는 당연하다는 표정으로 말했다.

"좋습니다."

가쿠베는 그것을 보고 더욱 고지로의 인물됨에 경도되었는데 문득 다다토시가 한 말이 떠올라 고지로에게 미리 일러 주었다.

"헌데 주군께서는 어쨌든 한번 사람을 본 뒤에 가부를 결정하겠노라 말씀하셨지만 그것은 형식적인 과정이고 이미 정해진 것이나 다름없소."

그러자 고지로는 잔을 상 위에 내려놓더니 가쿠베의 얼굴을 물끄러미 바라보더니 의연하게 말했다.

"가쿠베 님, 죄송하지만 호소가와 가에 봉공하는 것은 보류하겠습니다."

술에 취한 가쿠베의 귓불이 금방이라도 터질 듯 붉어졌다.

"아니, 어찌?"

가쿠베는 사뭇 당황한 듯 고지로를 쳐다보았다.

"마음에 들지 않아서……."

고지로는 뜬금없이 그렇게 말할 뿐 이유는 말하지 않았다. 고지로가 갑자기 기분이 상한 것은 다다토시가 사람을 본 후에 가부를 결정하 겠다는 조건 때문인 듯했다.

'꼭 호소가와가가 받아들이지 않아도 곤란할 것은 없다. 어딜 간들 삼백 석이나 오백 석쯤은…….'

가쿠베가 전한 다다토시의 말이 평소에 은근히 자신을 과신하던 그 의 자존심을 상하게 한 것이 틀림없었다. 고지로는 다른 사람의 기분 은 생각하지 않는 성격이었기 때문에 가쿠베가 당황하며 곤혹스런 표정을 짓든, 그가 자신을 제멋대로인 인간이라고 여기든 개의치 않 고 식사를 끝낸 후 훌쩍 일어나 거처로 돌아가 버렸다.

등불이 없는 다다미를 달빛이 하얗게 비추고 있었다. 고지로는 방에 들어서자 이내 취한 몸으로 벌렁 드러누워 팔베개를 하고서 무슨 생 각을 하는지 혼자서 웃었다.

'후후후, 가쿠베는 너무 솔직해서 탈이란 말이야.'

그렇게 말하면 가쿠베의 입장이 곤란해질 것도, 또 어떻게 행동하든 가쿠베가 자신에게 화를 내지 않을 것이란 사실도 훤히 꿰뚫고 있었다.

'녹에는 욕심은 없다.'

고지로는 예전부터 이렇게 말했지만 그는 야망으로 가득 차 있었다. 그에게 녹에 대한 욕심이 없을 리 없었고 명성과 입신도 바라고 있었다. 그렇지 않고서야 무엇 때문에 고달픈 수행 따위를 할 필요가 있을까. 그것은 입신을 위해서, 이름을 날리기 위해서, 또 고향에 금의환향하기 위해서였고 인간으로 태어난 보람을 만족시키기 위한 일이었다.

지금과 같은 시대에는 뛰어난 병법을 갖추는 것이 출세하는데 가장 빠른 길이었다. 이런 시대에 다행히 자신은 검에 천부적인 자질을 지니고 태어났다고 자부심을 갖고 있었다. 또 현명하게 그 길을 걷고 있다고 생각했다. 그의 일진일퇴는 모두 그런 목적을 위해 계산되어 있었다. 그런 그의 눈에는 이곳의 주인인 이와마 가쿠베 따위는 자신보다 나이는 많지만 참으로 어리숙하게 보였다.

고지로는 어느새 잠이 들었다. 다다미를 비추던 달이 한 자나 이동했지만 잠에서 깨지 않았다. 바람이 대나무 창을 흔들고 그의 몸을 감싸도 한낮의 무더위에서 해방된 그의 몸은 도무지 깰 기색이 보이지 않았다.

그런데 그때까지 모기가 많은 절벽 그늘에 숨어 있던 그림자 하나가 드디어 때를 만난 것처럼 두꺼비가 기어 오듯 등불도 없는 집의 처마 아래로 살금살금 다가왔다. 늠름하고 다부지게 옷을 차려 입은 무사였다. 저녁 무렵, 언덕 아래에 있는 꽃집 노인이 절의 뒷산에서 봤던 거동이 수상한 그 무사인 듯했다. 그림자는 툇마루 끝에서 한동안 가만히 방 안을 엿보았다. 달빛을 피해 몸을 숙이고 있었기 때문에 소리를 내지 않는 한, 그곳에 사람이 있다는 생각은 할 수가 없었다.

"……."

고지로의 코 고는 소리가 희미하게 들렸다. 한순간 뚝 하고 울음을 그쳤던 벌레 들이 아무 일도 없었다는 듯 다시 풀숲에서 울기 시작했다. 이윽고 칼집에서 칼을 빼든 그림자가 벌떡 일어서서 툇마루로 훌쩍 뛰어올라서더니 자고 있는 고지로를 향해 이를 꽉 깨물고는 칼을 내리쳤다.

"이얏!"

그 순간, 고지로의 왼손에서 검은 봉 같은 것이 바람을 가르더니 그림자의 손목을 강하게 쳤다. 그림자는 비록 손목을 맞았지만 온힘으로 내리친 칼은 그대로 다다미를 베어 버렸다. 그러나 그 밑에 있던 고지로는 물고기가 수면 아래에서 유유히 헤엄치는 것처럼 훌쩍 벽쪽으로 몸을 피하고는 맞은편에 서 있었다. 고지로는 왼손에는 칼집을, 오른손에는 칼을 쥐고 있었다.

"누구냐!"

고지로가 이렇게 외친 것을 보더라도 그는 진작부터 자객의 습격을 예감하고 있었던 듯했다. 이슬이 떨어지는 소리나 벌레 소리에도 방심하지 않는 고지로는 벽을 등진 채 조금도 흐트러지지 않은 모습이었다.

"나다!"

그에 비해 기습을 한 자의 목소리는 갈라져 있었다.

"나가 누구냐? 이름을 대라. 잠잘 때 기습을 하다니 비겁하구나."

"오바타 가게노리小幡兵衛의 아들, 요고로 가게마사余五郎景政다!"

"요고로?"

"아버님이 병중에 누워 있는 기회를 틈타 오바타에 대한 험담을 세상에 퍼뜨렸겠다."

"잠깐, 퍼뜨린 것은 내가 아니다. 세상 사람들이 그런 것이다."

"문하생들을 꾀어 결투를 해서 죽인 것은?"

"그것은 내가 틀림없다. 하지만 실력 차이로 인한 것으로 병법에서는 어쩔 수 없는 일이다."

"시끄럽다! 한가와라라고 하는 건달들을 선동해서……."

"그것은 상관없는 일이다."

"잔말 마라."

"에잇, 성가시군."

고지로는 성을 내며 한 발 앞으로 나서며 말했다.

"원망을 하려면 얼마든 원망해라. 병법의 승부에 원한을 품는 것은 비겁자 중에 비겁자라고 비웃음만 살 뿐이다. 하물며 너의 목숨까지 걸어야 할 것이다. 그럴 각오는 되어 있느냐?"

"……."

"각오를 하고 왔느냐!"

고지로가 다시 한발 다가서며 겨눈 모노호시자오의 칼끝에 처마 너머의 달빛이 하얗게 반사되었다. 반짝, 요고로가 눈이 부실 만큼 은빛 섬광이 빛을 발했다. 오늘 새로 날을 갈아 온 칼이었다. 고지로는 굶주린 자가 만찬을 바라보듯 요고로를 마치 먹잇감인 듯 가만히 노려보았다.

독수리와
매

고지로는 관직을 알선해 주기를 부탁하고
는 그 주군이 되는 사람이 한 말이 마음에 들지 않는다며 제멋대로 보
류했다. 가쿠베는 이젠 개의치 않겠다고 다짐했다. 후진을 아끼는 것은
좋은 일이지만 그 잘못된 생각까지 너그럽게 보아줄 수는 없다고 반성
했다. 하지만 가쿠베는 본래 고지로가 좋았고 예사 인물이 아니라고 믿
고 있었다. 주군과 고지로 사이에서 자신의 입장이 곤란해지는 바람에
화가 났지만 며칠이 지나자 생각이 바뀌었다.

'그것이 그의 훌륭한 점일지도 모른다. 보통 사람이라면 알현을 하
게 되었다고 기뻐하며 갔을 터인데.'

가쿠베는 좋게 해석을 하며 오히려 젊은 사람이 그 정도 기개를 가
지고 있는 것이 믿음직스럽게 여겨졌다. 또 그에게 그만한 자격이 있
다고 생각하자 한층 큰 인물로 보였다.

나흘 후, 그간 숙직도 있었고 채 마음도 풀리지 않아 고지로를 만나지 않은 가쿠베는 이날 아침, 고지로의 거처로 가서 마음을 떠보았다.

　"고지로 님, 어제 관저에서 물러나는데 주군께서 재촉을 하셨소. 활터에서 만나자고 하시는데 가신들의 활 솜씨도 구경할 겸 한번 오시는 게 어떻겠소이까?"

　고지로가 싱긋 웃기만 하고 대답을 하지 않자 가쿠베는 다시 말했다.

　"봉공을 하려면 한 번은 뵙는 것이 어느 번에서고 거치는 과정이니 수치스럽게 여길 일은 아닐 것이오."

　"하지만, 가쿠베 님."

　"예."

　"만약 마음에 들지 않는다고 거절하신다면 이 고지로는 뭐가 되겠습니까. 저는 아직 자신을 상품처럼 팔고 다닐 만큼 타락하진 않았습니다."

　"내가 말을 잘못했었소. 주군의 말씀은 그런 의미가 아니었소."

　"다다토시 공께 어떻게 대답하셨습니까?"

　"아직 대답하지 않았소. 그래서 주군께선 그분대로 기다리고 계신 듯하오."

　"하하하, 은인인 가쿠베 님을 난처하게 해서 송구합니다."

　"오늘 밤도 숙직인데, 주군께서 또 물어보실지 모르오. 나를 곤란하게 하지 말고 얼굴이나 한번 내밀도록 합시다."

　고지로는 은혜에 보답이라도 하듯 고개를 끄덕이며 말했다.

"알겠습니다. 가도록 하겠습니다."

가쿠베가 기뻐하며 물었다.

"그럼, 당장 오늘이라도?"

"흐음, 그럴까요?"

"그러는 게 좋겠소."

"시간은?"

"언제라도 좋다고 하셨고 점심 후엔 활터에 계실 터이니 거기서 자연스럽게 배알拜謁할 수 있을 거요."

"알겠습니다."

"분명 약조하였소!"

가쿠베는 다짐을 두고 먼저 번으로 출발했다. 그 후 고지로는 느긋하게 준비를 했다. 평소에 옷차림 등은 신경 쓰지 않는 호걸처럼 말하지만 실은 겉모습에 신경을 많이 쓰는 성격이었다. 그는 비단옷에 외국에서 들여온 옷감으로 만든 겉옷을 입고 신발도 새것으로 내오게 하고는 이와마가의 하인에게 물었다.

"말은 없는가?"

언덕 아래에 있는 꽃집 헛간에 주인이 갈아타는 백마를 맡겨 놓았다는 말을 듣고 고지로는 그곳으로 갔지만 오늘도 주인은 없었다. 절의 경내를 보니 절의 옆쪽에 꽃집 노인과 중들, 그리고 근처 사람들이 모여 웅성거리고 있었다. 고지로도 무슨 일인가 하고 그곳으로 가 보았더니 시신 한 구가 거적에 덮여 있었다. 사람들은 그것을 둘러싸고 매장을 할 것인지 상의를 하고 있었다. 시신의 신분은 알 수 없었다. 나이는 젊었고 무사라고 했다. 어깻죽지에서 아래로 칼을 깊이 맞아 잘려 있었다. 피가 검게 말라비틀어져 있었고 소지품은 없는 듯했다.

"나흘 전 저녁에 이 무사를 본 적이 있다."

꽃집 노인이 말했다.

"정말요?"

중과 근처 사람들이 그의 얼굴을 바라보자 노인이 다시 뭐라고 말을 하려는데 누군가 그의 어깨를 두드렸다. 노인이 뒤를 돌아보자 고지로가 말했다.

"헛간에 이와마 님의 백마가 있다고 하는데, 내주시게."

노인은 황망히 인사를 하며 말했다.

"아, 어디 출타하시려는지요?"

노인은 고지로와 함께 급히 집으로 가서 헛간에서 끌고 나온 말의 털을 쓰다듬었다.

"좋은 말이군."

"예, 아주 좋은 말입니다."

"다녀오겠소."

노인은 안장에 올라탄 고지로의 모습을 올려다보며 말했다.

"잘 어울리십니다."

고지로는 주머니에서 약간의 돈을 꺼내 노인에게 건네며 부탁했다.

"이것으로 향과 꽃이라도 사서 봉양해 주게."

"예? 누구한테 말입니까?"

"방금 그 시신 말이네."

고지로는 그렇게 말하고 언덕 아래에 있는 절 문 앞에서 다카나와^高^輪 가도로 들어섰다.

고지로는 말 위에서 퉤 하고 침을 뱉었다. 께름칙한 것을 본 후의 불쾌한 생침이 여전히 입 안에 남아 있었다. 나흘 전 달밤, 막 갈아 왔던 모노호시자오에 베인 사내가 거적을 벗어 던지고 말 뒤에서 따라오는 것 같은 기분이 들었다.

'마음 쓸 것 없다.'

그는 마음속으로 자신이 한 행동을 변명했다.

고지로가 탄 백마는 염천 아래의 거리를 헤치고 나아갔다. 마을 사람들과 나그네, 그리고 길을 가는 무사들이 그가 탄 말을 피하더니 뒤를 돌아보았다. 말 위에 앉아있는 고지로의 모습은 에도 거리에 들어서도 눈에 띨 만큼 멋있어서 사람들은 어느 집 무사일까 하고 바라보았다.

호소가와가의 번저藩邸[1]에 닿은 것은 약속한 대로 무더운 대낮이었다. 말을 맡기고 번 안으로 들어가자 이와마 가쿠베가 이내 나타났다.

"잘 오시었소."

가쿠베는 마치 자신의 일처럼 반가워하며 보리숭늉과 냉수, 담뱃갑을 권하며 말했다.

---

1 제후의 저택이나 그 영지.

"잠시 땀을 닦으며 기다리시오. 곧 주군에게 연통을 넣을 테니."

잠시 후 다른 사무라이가 안내를 하러 왔다.

"자, 활터로."

고지로는 모노호시자오를 가신에게 맡기고 작은 칼만 찬 채 따라갔다. 호소가와 다다토시는 오늘도 그곳에서 활을 쏘고 있었다. 여름에 백 발의 활을 쏠 생각으로 오늘도 며칠에 걸쳐 활을 쏘고 있었던 것이다. 많은 호위무사들이 다다토시를 둘러싸고 있었는데 과녁에 꽂힌 화살을 빼러 달려가거나 활쏘기를 돕거나 또 침을 삼키며 그가 활을 쏘는 것을 지켜보고 있었다.

"수건."

다다토시가 활을 내리며 외쳤다. 눈 위로 땀이 흘러내릴 만큼 그는 활쏘기에 지쳐 있었다. 이와마 가쿠베가 그때를 가늠해서 곁으로 가 무릎을 꿇으며 말했다.

"주군."

"뭔가?"

"저쪽에 사사키 고지로가 와서 기다리고 있습니다."

"사사키? 아, 그렇군."

다다토시는 눈길도 주지 않고 화살을 활시위에 걸더니 발을 벌리고 왼손으로 시위를 당겨 눈썹 위에 갖다 댔다. 또한 가신들 중에 어느 한 사람도 고지로에게 눈길을 주는 사람은 없었다. 이윽고 화살 백 발을 다 쏜 다다토시가 큰소리로 외쳤다.

"물, 물을 다오!"

가신들은 우물물을 퍼서 큰 대야에 부었다. 다다토시는 웃통을 벗더니 땀을 닦고 발을 씻었다. 곁에 있던 시종들이 옷자락을 들거나 새 물을 퍼 오는 등 부산하게 움직였지만 그럼에도 다다토시는 다이묘 답지 않게 거침없이 행동했다. 고향에 있는 산사이 공은 다인茶人이었고, 선대인 유사이 공도 그에 못지않은 풍아風雅한 가인歌人이었다. 특히 삼 대째인 다다토시도 우아한 공경 풍의 인물이든가 어전에서 귀하게 자란 젊은 귀족일 것이라 생각하던 고지로는 다소 의외라는 눈으로 그를 바라보았다.

다다토시는 제대로 닦지도 않은 발로 신을 신더니 뚜벅뚜벅 활터로 되돌아와서 아까부터 망설이고 있는 이와마 가쿠베의 얼굴을 보자 생각이 난 듯 말했다.

"가쿠베, 만나 볼까?"

그는 휘장을 둘러친 그늘에 의자를 놓고 구요九曜[2]의 문장을 등 뒤로 하고 앉았다. 고지로는 가쿠베가 손짓하자 다다토시의 앞으로 가서 무릎을 꿇었다. 무사를 후하게 대우하던 이 시대에도 군주를 알현하는 자는 이렇게 예를 취해야 했다. 다다토시가 말했다.

"의자를 내줘라."

의자를 받으면 손님이었다. 고지로는 일어서며 예를 취한 후에 의자

---

2 아홉 개의 별을 말하는 것으로, 큰 별을 가운데 두고 여덟 개의 별이 둘러싸고 있는 문장紋章을 말한다.

에 앉아 다다토시를 마주보았다.

"자세한 얘기는 가쿠베에게 들었는데 고향이 이와쿠니라고 했는가?"

"예, 그렇습니다."

"이와쿠니의 깃가와 히로이에吉川廣家 공은 영매하다는 말은 들었는데 그대의 조부도 깃가와에 봉공하였는가?"

"예전에는 오우미近江의 사사키가 일족이라고 들었습니다만 무로마치 님이 몰락하신 후, 어머님의 고향에서 은둔하였던 연유로 깃가와가의 녹은 받지 않고 있습니다."

고지로의 가계와 연고 등에 대한 질문이 끝났다.

"무사 봉공은 처음인가?"

"아직 섬기는 무가는 없습니다."

"가쿠베로부터 본가에 봉공을 하고 싶다는 말을 들었는데 본가의 어디가 좋아 그러했는가?"

"제 목숨을 바칠 만한, 또 기꺼이 죽을 수 있는 가문이라고 생각해서 입니다."

"흐음."

다다토시는 마음에 든 듯 고개를 끄덕였다.

"무도는?"

"간류라고 합니다.

"간류?"

"제가 창안한 병법입니다."

"그래도 연원은 있겠지?"

"도다 고로우에몬富田五郎右衛門의 도다류를 배웠습니다. 또 고향인 이와쿠니의 은사인 가타야마 호기노가미 히사야스片山伯耆守久安라고 하는 노인에게 가타야마의 이아이居合3를 사사받았고, 또 한편으로는 이와쿠니 강가에서 제비를 베면서 체득한 검술도 있습니다."

"아하, 간류란 이와쿠니 강에서 연원해서 붙인 이름이었군."

"그렇습니다."

"한번 보고 싶군."

다다토시가 가신들의 얼굴을 둘러보더니 말했다.

"누가, 사사키를 상대로 겨뤄볼 자는 없는가?"

'저 사내가 근래 소문이 자자한 사사키 고지로인가. 의외로 젊구나.'

아까부터 다다토시와 고지로가 이야기를 나누는 모습을 지켜보던 가신들은 다다토시가 갑자기 그렇게 말하자 서로 얼굴만 바라보았다. 그들은 자연히 고지로 쪽으로 눈길을 돌렸지만 고지로는 당황해하는 기색도 없이 오히려 원하는 바라는 듯한 얼굴이었다. 막상 앞으로 나서는 자가 없자 다다토시가 이름을 지명했다.

"오카야岡谷."

"옛!"

"언젠가 창과 검에 대해 논쟁을 했을 때, 창이 유리하다고 주장하던 이가 자네였지?"

---

3 앉아 있다가 재빨리 칼을 뽑아 적을 베는 검술.

"예."

"좋은 기회다. 한번 겨뤄 보게."

오카야 고로지는 명을 받자 고지로를 바라보며 물었다.

"소생이 상대를 하고자 하는데 이의는 없으신지요?"

고지로는 크게 고개를 끄덕이며 말했다.

"잘 부탁드리겠습니다."

그렇게 서로 공손하게 예를 차리는 중에도 어딘지 몸이 오싹해지는 기운이 흘렀다. 휘장 안에서 활터의 모래를 쓸거나 활을 정리하던 자들이 그 말을 듣고 모두 다다토시의 뒤쪽으로 모여들었다. 아침저녁으로 무예를 논하고 검과 활을 한시도 놓지 않던 자라도 연습이 아닌 진짜 시합을 하는 경험은 일생 동안 몇 번 있을까 말까 했다. 가령 '전장에 나가 싸우는 것과 평시의 시합에 서는 것, 어느 쪽이 두려운가?'라고 물어 솔직하게 답하라고 한다면 여기에 있는 많은 무사들이 열이면 열 모두 '시합이다' 하고 말할 것이다. 전쟁은 집단의 행동이지만 시합은 개인과 개인의 싸움이었다. 반드시 이기지 않으면 반드시 죽든가 불구가 될 것이었다. 발가락에서 머리카락 한 올까지 모든 것을 동원해서 자신의 목숨을 다해 싸워야만 했다. 전쟁에서처럼 다른 사람이 싸우고 있는 동안 잠시 숨을 돌리는 여유는 없었다.

호소가와 번에는 본래 창을 전문으로 다루는 자가 없었다. 유사이 공과 산사이 공 이래로 수많은 전쟁에서 살아남은 자만이 군주의 측근이 되었다. 일개 병졸 중에서도 창에 능한 자는 많이 있었지만 창을 능숙하게 다루는 것이 반드시 봉공 무사의 특별한 기술은 아니었다. 그래서 별도로 창을 가르치는 사범은 필요가 없었다. 그러나 그중에서도 오카야 고로지 등은 번에서 창의 명수라고 불리고 있었다. 실전의 경험도 있었고 평소에도 훈련과 공부를 하고 있는 노련한 자였다.

"잠시 시간을……."

오카야는 주군과 고지로에게 양해를 구하고 시합 준비를 하기 위해 조용히 자리에서 물러갔다. 아침에 웃는 얼굴로 나와서 저녁에 시체가 되어 돌아갈지 모르는 것이 봉공 무사의 신세였다. 그래서 그들은 늘 속옷조차 때가 묻지 않은 깨끗한 것을 입고 있었는데, 시합 준비를 위해 잠시 물러갈 때 그의 마음은 결연함이 묻어나는 듯했다.

고지로는 목검 세 척을 받아 들고 옷자락을 묶지도 않은 채 시합 장소를 골라 기다리고 있었다. 누가 보아도 늠름하고 사내다운 모습이었다. 특히 독수리처럼 용맹하고 아름다운 옆얼굴은 평상시와 조금도 달라 보이지 않았다.

'뭘 하고 있는 걸까?'

동료들은 고지로의 모습을 보면서 점점 그의 실력이 범상치 않게 보였는지 오카야가 준비를 하러 간 곳을 불안한 시선으로 쳐다보고 있었다. 하지만 오카야는 이미 침착하게 준비를 끝마치고 있었다. 그가 시간을 들이고 있는 이유는 창끝에 젖은 천을 정성껏 감싸고 있었기 때문이었다. 이윽고 고지로가 그것을 보고 말했다.

"고로지 님, 그것은 무엇입니까? 저를 걱정해서 그런 것이라면 지나

친 배려입니다."

고지로의 말은 정중했지만 그 속에 담긴 의미는 교만함과 같았다.

오카야가 젖은 천으로 감은 창은 그가 전장에서 특기로 사용하던 단도 형태의 국지창菊池槍이었다. 자루 길이는 아홉 척 남짓이었고 손잡이에서 창끝은 청색 자개를 칠해서 연마한 창끝만도 칠팔 척은 되는 창이었다.

"진창으로 하시지요."

고지로는 창을 바라보며 그의 배려를 비웃듯 말했다.

"괜찮으신지요?"

오카야가 고지로를 응시하며 말하자 다다토시를 비롯해 그 곁에 있는 동료들도 아무 말 없이 눈빛으로 끄덕였다.

'그리 말한다면.'

'상관없다.'

'꿰뚫어 버려.'

고지로는 어서 나오라고 재촉하듯 오카야의 눈을 똑바로 응시했다. 오카야는 창에 감았던 젖은 천을 풀고 장창의 중단을 잡은 채 뚜벅뚜벅 앞으로 걸어 나오며 말했다.

"바라는 대로 하겠소. 그러나 내가 진창을 잡은 이상 그대도 진검을 잡는 것이 좋겠소."

"이것으로 충분하오."

"안 되오."

"아니오."

고지로가 오카야의 말을 제지하며 말했다.

"번 밖의 사람이 번의 군주 앞에서 진검을 빼 드는 무례는 범할 수 없는 일이오."

"허나."

오카야가 언짢은 듯 입술을 깨물자 그의 태도가 답답하게 보였는지 다다토시가 말했다.

"오카야, 비겁하지 않다. 상대의 말에 따르고 어서 시작하라."

다다토시의 목소리 속에 고지로에 대한 감정이 꿈틀거리고 있었다.

"그럼."

두 사람은 목례를 했다. 서로의 얼굴이 눈동자 속에 비쳤다. 그 순간, 오카야가 펄쩍 뛰며 뒤로 물러섰지만 고지로는 창대 아래를 따라 오카야의 가슴 쪽으로 그대로 뛰어 들어갔다. 창을 찌를 틈이 없었던 오카야가 몸을 휙 돌리고는 창의 물미로 고지로의 목덜미 부근을 내리쳤다. 쨍 하는 쇳소리와 함께 물미 끝이 공중으로 튀어 올랐다. 그 순간, 고지로의 목검이 땅을 내리친 반동으로 위로 팅겨져 올라간 오카야의 늑골을 향해 바람을 가르며 날아갔다.

오카야는 창대로 목검을 막으며 버텼지만 조금씩 뒤로 밀렸다. 오카야는 다시 옆쪽으로 몸을 날렸다가 숨을 쉴 틈도 없이 계속해서 목검을 피하고 막으며 물러섰다. 그렇지만 이미 독수리에게 쫓겨 막다른 곳까지 몰린 매와 같았다. 끈질기게 따라붙는 목검 아래로 뚝 하고 창이 부러졌다. 순간, 오카야의 혼이 그의 몸에서 빠져나가는 듯한 신음 소리가 들리더니 한순간에 승부가 갈리고 말았다.

이사라고의 '달의 곶#'으로 돌아온 고지로는 이와마 가쿠베를 찾았다.

"오늘 어전에서 좀 지나치지 않았는지 모르겠습니다."

"아니, 잘하였소."

"다다토시 공께서 돌아온 후 내게 뭐라 말씀을 하셨는지요?"

"딱히."

"무슨 말씀을 하셨을 텐데요?"

"아무 말씀도 하시지 않고 안으로 들어가셨습니다."

"흐음……"

고지로는 가쿠베의 대답에 불만족스러운 표정을 지었다.

"하여간 근간 기별이 있을 거요."

"받아들이실지 마실지 어느 쪽도 상관은 없습니다. 다만 다다토시 공은 소문대로 명군으로 보여 어차피 주군을 섬긴다면, 하고 생각했는데 그것도 다 연이 닿아야겠지요."

가쿠베의 눈에도 점차 고지로의 잔인함이 보이기 시작했는지 어제부터 다소 기분이 좋지 않은 표정이었다. 사랑스러운 어린 새라고 여겨 품고 있었는데 어느 순간 자세히 보니 품 안에서 독수리가 되어 버린 느낌이 들었다.

어제 다다토시 앞에서 적어도 네다섯 명을 상대로 시합을 시킬 예정이었지만 처음에 오카야와의 시합이 너무나 잔인했던 탓인지 다다토시는 시합을 중지시켜 버렸다.

"잘 보았다. 이제 됐다."

오카야는 나중에 깨어났다고 하지만 왼쪽 허벅지인가 허리뼈가 부러져서 필시 절름발이가 되었을 것이다.

고지로는 그 정도 실력을 보인 것만으로도 호소가와가와 인연이 닿지 않아도 후회는 없다고 생각했지만 미련은 남아 있었다. 앞으로 몸을 의탁할 곳으로 다데伊達, 구로다黑田, 시마즈島津, 모리毛利 다음으로 호소가와는 좋은 번이었다. 오사카 성이라는 아직 해결되지 않은 존재가 전란의 기운을 품고 있었기 때문에 몸을 맡기는 번에 따라서는 다시 낭인으로 전락할 가능성도 있었다. 봉공할 번을 선택하는 데에도 앞날을 정확하게 예측하지 않으면 반년의 녹 때문에 일생을 허비하게 될지도 몰랐다.

고지로는 이미 앞날을 예측하고 있었다. 산사이 공이 아직 건재하는 한 호소가와가는 태산과 같이 안전하게 보였다. 장래성도 충분했고 어차피 배에 오른다면 이런 거선巨船에 올라 새로운 시대의 조류를 타고 일생의 운명을 맡기는 것이 현명하다고 생각했다.

'하지만 좋은 가문일수록 쉽게 들어갈 수 없는 법.'

고지로는 다소 초조해졌다.

그로부터 며칠 뒤, 무슨 생각을 했는지 고지로는 오카야 고로지의 병문안을 다녀오겠다며 급히 집을 나서 도키와常盤 다리 근처에 있는 오카야의 집을 찾았다. 고지로의 급작스러운 문병을 받은 오카야는 아직 병상에서 일어나지 못하는 몸이었지만 웃으며 맞았다.

"시합의 승패는 실력의 차이니 내 미숙함을 원망하더라도 어찌 그대를……."

오카야의 눈에 이슬이 맺혔다.

"친절하게도 이렇듯 찾아 위로해 주시니 송구하오."

오카야는 고지로가 돌아가자 머리맡에 있던 동료들에게 말했다.

"어쩐지 호감이 가는 무사이네. 교만하다고 생각했는데 의외로 정감도 있고 예의도 바르군."

고지로는 오카야가 그렇게 말하리라는 것을 짐작하고 있었다. 고지로가 예상한 대로 마침 오카야를 문병하러 와 있던 한 명이 고지로를 칭찬하였다.

수박
장수

고지로는 이삼 일 간격으로 네 차례나 오카야의 집을 찾았다. 어느 날은 어시장에서 살아 있는 생선을 사가기도 했다.

삼복 무렵이 되면 에도는 공터의 풀들이 집을 뒤덮고 메마른 길에 게가 느릿느릿 기어다니고 있었다.

'무사시, 나와라. 나오지 않으면 무사가 아니다.'

한가와라의 패거리들이 네거리에 세운 팻말도 수풀에 묻히거나 비에 쓰러지고 누군가 땔감으로 훔쳐가서 이젠 보이지도 않았다.

"어디서 밥을 먹어야겠는데."

고지로는 요기할 곳을 찾아 여기저기 둘러보았지만 교토와 달리 다반茶飯을 먹을 만한 곳도 아직 없었다. 공터의 수풀가에 갈대발을 쳐놓은 곳에 '돈지키屯食'라고 쓴 깃발이 보였다. 먼 옛날, 주먹밥을 돈지키라고 불렀다는 얘길 들은 적이 있는데 여럿이 모여서 먹는다는 의미에서 생긴 말인 듯했다. 그런데 이곳의 돈지키란 도대체 뭘 하는 곳인지 갈대밭 뒤에서 새어 나오는 연기가 수풀을 휘감고 좀처럼 사라지지 않았다. 가까이 다가가자 음식을 삶는 냄새가 났다. 설마 주먹밥을 파는 것은 아니겠지만 어쨌든 음식점인 것만은 틀림이 없었다.

"차 한 잔 주시오."

안으로 들어가자 두 사람이 앉아 있었는데 한 명은 술잔을 들고 또한 명은 밥그릇을 든 채로 게걸스럽게 음식을 먹고 있었다. 고지로는 그들과 마주한 의자 끝에 앉았다.

"주인장, 무엇이 있소?"

"밥집입니다. 술도 있습니다."

"돈지키라고 간판에 쓰여 있던데, 그것은 무슨 뜻이오?"

"모두들 그리 묻는데, 저도 잘 모르겠습니다."

"그대가 쓴 것이 아니오?"

"예, 여기서 쉬다 간 나이든 분이 써서 주셨습니다."

"그러고 보니 달필이군."

"신심이 깊어 전국을 유람하시는 분이라는데, 기소에서도 굉장한 부잣집 나리처럼 보였습니다. 히라가와 덴진이나 히가와 신사永川神社, 또 간다묘진神田明神 등에도 큰돈을 기부를 했는데 그것이 유일한 즐거움이라고 하시던 별난 분이셨습니다."

"그 사람의 이름을 아는가?"

"나라이의 다이조라고 합니다."

"들어본 것 같긴 하군."

"돈지키라고 써 주셨지만 무슨 뜻인지 몰라도 그런 후덕한 분이 써 주신 간판을 걸어 두면 어쩐지 가난을 면할 부적이 될지도 모른다고 생각해서 말이죠."

주인이 빙긋이 웃었다.

고지로는 그곳에 놓여 있는 도기 그릇에 생선과 밥을 담은 후 뜨거운 물에 말아 젓가락으로 파리를 쫓으면서 식사를 시작했다. 앞에 앉아 있던 두 명의 무사 중 한 명이 어느새 일어서서 찢어진 갈대발 사이로 초원을 내다보다 외쳤다.

"왔다."

그러곤 뒤를 돌아보며 말했다.

"하마다浜田, 저 수박 장수 아닌가?"

다른 한 명이 급히 젓가락을 놓고 일어서더니 갈대발 너머로 바라보다 무겁게 고개를 끄덕이며 말했다.

"저놈이다."

수박 장수는 염천 아래 천칭을 어깨에 메고 수풀에서 올라오는 뜨거운 열기 속을 걸어가고 있었다. 돈지키의 갈대발 뒤에 있다 그를 쫓아간 낭인들이 갑자기 칼을 빼 들더니 천칭의 끈을 잘라 버리자 수박 장수는 수박과 함께 앞으로 고꾸라졌다.

"이얏!"

조금 전까지 돈지키 안에 있던 하마다라는 자가 곧장 달려들어 옆에서 수박 장수의 목을 움켜잡았다.

"성의 해자 옆 채석장에서 얼마 전까지 차를 나르던 여자를 어디로 끌고 갔느냐? 시치미를 떼도 소용없다. 네놈이 숨긴 것이 틀림없다."

한 명이 그렇게 다그치자 다른 한 명이 그의 코끝에 칼을 들이대며 외쳤다.

"어서 실토하거라."

"네놈의 집은 어디냐?"

칼등으로 수박 장수의 뺨을 두드리며 말했다.

"이런 낯짝으로 여자들을 납치하다니 어이가 없는 놈이군."

수박 장수는 얼굴이 흙빛이 되어 그저 머리를 옆으로 가로졌다가 틈을 노려 갑자기 한쪽의 무사를 들이받고는 천칭을 주워 들고 다른 한 명을 향해 덤벼들었다.

"어림없다!"

무사는 이렇게 소리치며 또 한 명에게 외쳤다.

"하마다, 저놈은 단순히 수박 장수가 아니다. 방심하지 마라."

"그래 봤자 기껏 수박 장수일 터."

하마다는 달려드는 수박 장수의 천칭을 빼앗아 내리쳐서 쓰러뜨린 다음 그의 등에 천칭을 대고 밧줄로 꽁꽁 동여맸다. 그런데 갑자기 그의 등 뒤에서 고양이 울음소리를 내지르며 땅이 울리는 발소리가 들려 무심코 돌아보는 순간, 무엇인가가 하마다의 얼굴을 찰싹 갈겼다.

"앗!"

수박 장수 위에 올라타고 있던 하마다가 펄쩍 뛰어서 뒤로 물러서며 소리를 질렀다.

"웬 놈이냐? 뭐 하는 놈이냐?"

그렇게 외친 하마다를 향해 살모사처럼 슬금슬금 다가오는 차가운 칼끝은 아무 말도 하지 않았다. 그는 사사키 고지로였다. 칼은 말할 것도 없이 그의 장검인 모노호시자오였다. 즈시노 고스케가 오래된 녹을 갈아서 광택을 낸 이래로 칼은 피에 굶주린 듯 피를 갈구하고 있었다.

"……."

소이부답笑而不答, 고지로는 뒷걸음질 치는 하마다를 계속해서 몰아붙였다. 그런데 천칭에 묶여 있던 수박 장수가 문득 그의 모습을 보더니 크게 놀란 듯 소리쳤다.

"앗! 사사키, 사사키 고지로 님. 도와주시오."

고지로는 돌아보지도 않고 계속해서 뒤로 물러서기만 하는 하마다의 호흡을 헤아리며 죽음의 심연까지 밀어붙일 듯했다. 고지로는 하마다가 한 발 물러서면 한 발 나가고, 옆으로 돌면 따라서 옆으로 돌면서 칼끝에서 놓치지 않고 밀어붙이기만 했다.

"뭐, 사사키?"

이미 얼굴이 새파래졌던 하마다는 사사키 고지로라는 이름을 듣자 갑자기 당황한 듯 빙글빙글 돌더니 몸을 돌려 도망치기 시작했다.

"어림없다!"

그 틈을 놓치지 않고 고지로의 모노호시자오가 하마다의 한쪽 귀를 자르고 그대로 어깻죽지까지 깊이 베어 버렸다.

고지로가 밧줄을 풀어 주어도 수박 장수는 수풀에서 얼굴을 들지 않았다. 잠시 후 일어나 앉았지만 얼굴을 들지 않는 것은 여전했다. 고지로는 모노호시자오에 묻은 피를 닦아 칼집에 넣고 나서 뭐가 우스운지 크게 웃으며 수박 장수의 등을 두드렸다.

"마타하치, 그렇게 부끄러워할 것은 없지 않은가?"

"예."

"얼굴을 들게. 오랜만이군."

"오랜만입니다. 별일은 없는지요?"

"그럼. 그런데 자네는 묘한 장사를 하고 있군."

"부끄럽습니다."

"어쨌든 수박을 챙기게. 그렇지, 저 돈지키 가게에 맡기면 어떤가?"

고지로는 벌판 한가운데서 돈지키 주인을 불러 그곳에 짐과 수박을 맡기고 먹통을 꺼내 돈지키의 장지 옆에 무언가를 썼다.

공터에 있는 시체 둘을 벤 것은 이사라고 언덕 '달의 곳'의 사사키 고지로다. 후일을 위해 적어 두는 바이다.

다 쓴 고지로가 주인에게 말했다.

미야모토 무사시 8_이천二天의 장

"주인장, 이렇게 해 놓으면 당신에게 폐가 가지 않을 것이네."

"고맙습니다."

"그다지 고마워할 것은 없네. 시체의 연고자가 오면 도망치지 않을 테니 언제라도 찾아오라고 전해 주게."

고지로는 갈대밭 밖에 있는 마타하치를 재촉하며 걸음을 옮겼다.

"가세."

마타하치는 고개를 숙이고 있었다. 요새 그는 수박을 지고 에도 성 여기저기에서 일하고 있는 채석장 인부나 집을 짓는 목수, 또 성곽에 있는 관리 등을 상대로 장사를 하고 있었다. 마타하치는 에도에 처음 왔을 때에는 오츠에 대한 체면도 있고 해서 수행이나 사업을 하려는 큰 뜻을 품고 있다는 것을 보여 주려 했다. 하지만 의지가 약했던 천성 탓인지 무슨 일이건 곧 포기해 버렸고 생활력도 약해 몇 번이나 직업을 바꾸곤 했다.

특히 오츠가 도망친 후로 마타하치는 더욱 의지가 약해져서 이젠 건달들과 함께 방에서 빈둥거리며 지내거나 도박하는 자들의 망을 봐 주고 밥 한 끼를 얻어먹기도 했다. 그리고 가끔 축제나 명절 때 물건을 팔며 아직까지 일정한 직업을 갖지 못하고 있었다.

그러나 그것을 이상하게 여기지 않을 만큼 고지로는 그의 성격을 전부터 잘 알고 있었다. 단지 돈지키에 그처럼 써 놓은 이상, 머지않아 아까 죽인 낭인들의 연고자가 찾아올 것이 분명했기에 마타하치에게 연유를 물었다.

"그 낭인들에게 어떤 원한을 샀는가?"

"실은, 여자 때문에……."

마타하치는 말하기 거북한 듯했다. 그의 주변에는 반드시 여자 문제가 뒤따랐다. 고지로는 그와 여자 간에 전생에 무슨 악연이라도 있는 듯해서 쓴웃음을 지었다.

"흐음, 여전히 자넨 호색가인 듯하군. 그런데 어떤 여자를 어떻게 한 것인가?"

마타하치의 입을 열게 하는 것은 쉬운 일이 아니었지만, 이사라고에 돌아와서는 딱히 할 일이 없었던 고지로는 여자 얘기로 무료함을 달랠 수 있을 듯하여, 마타하치를 만난 것이 뜻밖에 횡재를 한 것처럼 여겨졌다.

마침내 마타하치는 일의 전말을 털어놓았다. 돌을 쌓아 둔 해자 끝쪽에는 성의 작업장에서 일하고 있는 인부와 행인 들을 상대로 장사를 하는 몇 십 채의 휴게소 주막이 있었다. 그중 한 곳에 사람들의 눈을 끄는 차를 따르는 여자가 있었는데 매일 그 여자를 보기 위해 마시고 싶지도 않은 차를 마시러 가거나, 먹고 싶지도 않은 우무묵을 먹으러 가는 사내들 중에 '하마다'라는 자도 있었다. 마타하치도 가끔 수박을 팔고 돌아가는 길이나 밥을 먹으러 가곤 했는데 어느 날 여자가 몰래 자신에게 귓속말을 했다고 했다.

"나는 저 무사가 싫은데 주인이 가게 문을 닫으면 자꾸 그와 놀러 가라고 해요. 그러니 아저씨 집에 좀 숨겨 주지 않을래요? 부엌일이나 바느질 같은 일이라도 할 테니까요.”

싫다고 할 이유가 없었던 마타하치는 상의한 끝에 자신의 집으로 여자를 숨겨 준 것밖에 없다고 변명을 했다.

“이상하지 않은가?”

고지로는 수긍이 가지 않았다.

“뭐가 말입니까?”

마타하치는 자신이 한 얘기 중에 어디가 이상하냐는 듯 다소 반항적으로 대꾸했다. 고지로는 염천 아래에서 연애 얘긴지 변명인지 잘 구분이 가지 않는 장광설을 듣다가 정색을 하며 말했다.

“뭐, 상관없네. 어쨌든 자네 거처에 가서 천천히 듣도록 하세.”

그러자 마타하치는 발걸음을 멈추더니 얼굴을 찌푸렸다.

“왜, 싫은가?”

“뭐, 변변한 곳도 아니어서…….”

“상관없네.”

“그래도…….”

마타하치는 양해를 구하듯 말했다.

“다음 기회로 하시지요.”

“어째서?”

“오늘은 좀…….”

마타하치가 난처한 얼굴로 말하자 사사키도 억지로 강요할 수는 없어서 흔쾌히 말했다.

"음, 그런가? 그럼 때를 보아 자네가 내가 있는 곳으로 찾아오게. 이 사라고 언덕의 중간에 있는 이와마 가쿠베 님의 댁에 있네."

"며칠 내로 찾아뵙겠습니다."

"그건 그렇고, 근래 네거리마다 세워 놓았던 팻말을 보았는가? 무사시에게 고하는 한가와라의 무리들이 세운 팻말 말일세."

"보았습니다."

"오스기 할머님도 찾고 있다고 쓰여 있었을 텐데?"

"예, 있었습니다."

"허면 왜 당장 노모를 찾아가지 않았는가?"

"이런 꼴로 어찌……."

"어머니에게 무슨 체면 같은 걸 차리는가? 언제 무사시와 만날지도 모르지 않은가? 그때 자식으로서 함께 있지 않으면 일생의 한이 될 걸세."

마타하치는 고지로의 말이 곧이곧대로 들리지 않았다. 모자간의 감정은 타인의 눈에 비치는 것과 달랐다. 마타하치는 기분이 나빴지만 고지로는 방금 자신을 구해 준 은인이었다.

"예, 조만간."

마타하치는 내키지 않지만 그렇게 말을 하고 고지로와 네거리에서 헤어졌다. 하지만 고지로는 그와 헤어진 곳으로 다시 돌아와서 좁은 뒷골목으로 들어가는 그의 뒤를 따라가기 시작했다.

연립가옥 몇 채가 이어져 있었다. 이 부근은 수풀과 잡목을 베어 낸 뒤 사람이 들어가 살기 시작한 곳이었는데, 사람이 다니면 그것이 길이 되었고 집집마다 버리는 목욕물이나 부엌의 구정물이 그대로 흘러나와 하천으로 흘러 들어가고 있었다. 인구가 급격하게 불어나는 에도에서 그런 것에 무신경하지 않으면 견딜 수가 없었다. 인구 중에서도 가장 많이 차지하고 있는 것이 역시 노동자였는데, 특히 하천공사와 성 개축 일을 하는 자들이 많았다.

"마타하치, 돌아왔는가?"

옆집의 우물 파는 일을 하는 사내가 물통 속에서 책상다리를 하고 옆으로 난 덧문 위에서 목을 내밀고 말했다.

"목욕하시나 봅니다."

방금 집에 돌아온 마타하치가 말하자 사내가 대답했다.

"난 이제 다했는데, 목욕하겠나?"

"고맙지만 오늘은 집에서 아케미가 물을 데워 놓았다고 합니다."

"사이가 좋군."

"뭐 그렇지도 않습니다."

"남매인가, 부부인가? 옆에 살면서도 아직 모르겠는데 대체 어떤 사이인가?"

"헤헤헤."

그곳에 그녀가 나타나자 마타하치도 사내도 입을 다물었다. 아케미는 들고 온 큰 물통을 감나무 밑에다 놓고 곧 들통에 있는 더운 물을 부었다.

"마타하치 님, 물이 어떤지 보세요."

"좀 뜨거운데."

마타하치는 두레박으로 우물물을 긷더니 알몸으로 뛰어가 들통의 물을 가지고 와서는 물의 온도를 맞추고 속으로 들어갔다.

"아아, 기분 좋다."

옆집 사내는 이미 욕의浴衣로 갈아입고 선반 아래에 있는 대나무 의자를 꺼내서 앉더니 물었다.

"오늘은 수박을 많이 팔았나?"

"팔아 봤자죠."

마타하치는 손가락에 피가 말라붙어 있는 것을 발견하고는 기분이 나쁜 듯 수건으로 닦아 냈다.

"그럴 거네. 수박 따월 파는 것보다 내 밑에서 우물 파며 일당을 버는 편이 낫지 않겠나?"

"매번 그렇게 권하시지만, 우물 파는 인부가 되면 성에 들어가야 하는데 그렇게 되면 집으로 오는 날이 드물지 않습니까?"

"그렇지. 감독의 허가 없이는 집에 갈 수가 없지."

"그래서 아케미가 하지 말라고 합니다."

"이거, 공처가로구만."

"우리는 그런 사이가 아니에요."

"국수라도 한턱내게나."

"아얏!"

"왜 그러는가?"

"머리 위에 풋감이 떨어져서."

"하하하, 마누라 자랑을 해서 벌을 받은 거네."

사내는 들고 있던 부채로 무릎을 치며 웃었다. 그는 이즈伊豆의 이토伊東에서 태어난 운페이運平라는 사람인데 이곳 사람들의 존경을 받고 있었다. 나이는 이미 예순이 넘었고 마처럼 덥수룩한 머리를 하고 있었는데 젊은 사람들을 어린아이처럼 다룰 수 있을 만큼 체력도 강했다. 또한 일연종一蓮宗 신자여서 아침저녁으로 나무묘법연화경南無妙法蓮華経을 염송했다.

그는 자신의 집인 이곳 연립가옥의 입구에 '성의 우물 공사 알선-운페이'라는 팻말을 세워 놓았는데 성곽 우물을 파는 일은 특별한 기술이 필요했기 때문에 여느 우물을 파는 사람은 할 수가 없었다. 그래서 성에서는 이즈의 금광에서 일했던 경험이 있는 그에게 공사 상담을 하고 인부 감독하는 일을 맡기기 위해 불러왔던 것이다.

운페이는 저녁 반주로 소주를 마시면서 늘 자랑삼아 그 얘기를 하곤 했다. 허가 없이는 집에 돌아갈 수도 없고 일하는 동안도 감시를 당했고 집에 있는 가족들은 인질과 마찬가지였다. 물론 관리와 감독의 속박을 받는 대신, 성 안의 일은 성 밖의 일보다는 편하고 임금도 거의 배나 되었다. 공사가 끝날 때까지 잠도 성 안에서 자기 때문에 돈을 쓸 데가 없었다. 그래서 운페이는 수박 파는 일 따위는 집어치우고 그렇게 해서 꾹 참고 돈을 모아서 장사라도 할 궁리를 하라고 진작부터 마타하치에게 말했지만 아케미는 고개를 저으며 협박하듯 말했다.

"만일 마타하치 님이 성 안으로 들어가면 나는 도망치고 말 거예요."

"너 혼자 두고 난 안 간다."

마타하치도 그런 일은 하고 싶지 않았다. 그가 찾는 일은 몸이 편하고 보수가 더 좋은 일이었다.

목욕통 안에서 마타하치가 나오자 아케미가 판자를 치고 목욕을 했다. 욕의로 갈아입은 두 사람은 또 그 이야기를 하고 있었다.

"돈을 조금 더 벌 수 있다고 해도 죄수처럼 속박을 받으며 일하는 건 싫어. 나도 언제까지나 수박 장수를 할 생각은 아니야. 아케미, 당분간 어렵더라도 참고 견디자."

차가운 두부에 차조기 잎이 올라와 있는 밥상을 마주하고 마타하치가 그렇게 말하자 아케미도 더운물에 만 밥을 떠먹으며 말했다.

"그럼요. 평생 한 번이라도 좋으니까 세상 사람들에게 남자의 기개를 보여 주세요."

아케미가 여기에 오고부터 이웃 사람들은 두 사람을 부부간이라고 여기고 있었지만 아케미는 마타하치처럼 의지가 약한 사내를 자신의 남편감으로 생각하지 않았다. 남자를 보는 그녀의 눈은 점점 발전했다. 에도에 온 이후로, 특히 화류계에 몸담으면서 수많은 유형의 사내들을 보아 왔다. 아케미가 마타하치의 집으로 도망쳐 온 것은 일시적인 방편에 지나지 않았다. 그녀는 마타하치를 발판으로 해서 다시 날아갈 하늘을 찾고 있는 작은 새였다.

하지만 지금 마타하치가 성에 들어가서 일하는 것은 자신의 상황에 좋지 않았다. 아니, 자신이 위험했다. 주막에서 일할 때 만난 하마다라는 낭인에게 발각될 가능성이 있기 때문이었다.

"그래, 그래."

밥을 다 먹자 마타하치는 낮에 있었던 일을 이야기했다. 그는 하마다에게 붙잡혀 곤경에 처해 있는데 사사키 고지로가 구해 주었던 일, 그리고 고지로가 이 집까지 안내하라고 했지만 핑계를 대고 헤어진 일 등을 그녀의 눈치를 살피며 상세하게 이야기했다.

"뭐요? 고지로를 만났다고요?"

아케미는 아연실색해서 물었다.

"그럼, 내가 여기 있다는 것도 얘기했어요? 설마 그런 말은 하지 않았죠?"

마타하치는 그녀의 손을 자기 무릎에 올려놓으며 말했다.

"그런 놈에게 네가 있는 곳을 말했을까 봐? 말하면 끝장일 텐데. 그 집요한 고지로가 또⋯⋯."

그 순간 마타하치는 앗, 하고 소리를 지르더니 자신의 얼굴을 감쌌다. 누가 던졌는지 뒤쪽에서 날아온 풋감 하나가 픽, 하고 그의 얼굴에 맞았던 것이다. 아직 딱딱한 풋감이었지만 그 파편이 아케미의 얼굴에도 튀었다. 고지로를 닮은 듯한 그림자가 어느새 마을 위로 떠오른 저녁달을 받으며 사라졌다.

무사시노
들판

"스승님."

이오리가 쫓아갔다. 가을이 코앞인 무사시노武藏野 들판의 풀은 이오리의 키보다 훌쩍 더 컸다.

"빨리 오너라."

무사시는 이따금 뒤를 돌아보며 수풀 속을 헤치며 따라오는 발소리를 기다렸다.

"길이 수풀에 파묻혀 알아볼 수가 없어요."

"과연, 열 개의 군郡에 걸쳐 있다는 무사시노 들판은 참으로 넓구나."

"어디까지 가시려고요?"

"살기 좋은 곳까지."

"여기에서 사실 거예요?"

"좋지 않느냐."

"……."

이오리는 좋다는 말도 나쁘다는 말도 하지 않고 넓은 들판 위로 드넓게 펼쳐진 하늘을 쳐다보며 중얼거렸다.

"글쎄요……."

"가을이 오면 넓은 하늘이 저리 맑아지고 또 저리 넓은 들에 이슬이 얼마나 맺히겠느냐. 생각만 해도 마음이 맑아지는 것 같지 않느냐?"

"스승님은 역시 사람이 많은 곳을 싫어하시는 것 같아요."

"사람들 속에 있는 것도 재미는 있지만 저처럼 네거리마다 험담을 하는 팻말을 세워 놓았으니 내가 아무리 낯가죽이 두껍다고 해도 그런 곳에서는 살기 거북하지 않겠느냐."

"그래서 도망쳐 온 거예요?"

"으음."

"분해요."

"그만한 일을 가지고 무슨 소리."

"하지만 어디를 가나 스승님을 좋게 말하지 않는걸요. 분해요."

"어쩔 수 없다."

"어쩔 수 없지 않아요. 험담을 하는 놈을 모조리 혼을 내주고 불만이 있는 놈들은 다 나오라고 팻말을 세우고 싶어요."

"그런 당해 낼 수 없는 싸움은 하는 것이 아니다."

"그렇지만 스승님은 누구와 대적해도 지지 않잖아요."

"진다."

"어째서요?"

"무리에게는 진다. 열 명의 적을 이기면 적은 백 명으로 늘어나고 백 명의 적을 물리치면 천 명의 적이 달려들 것인데 어찌 이기겠느냐?"

"그럼 평생 사람들 웃음거리로 지내실 거예요?"

"내게도 명예는 중요하다. 선조님께도 죄송한 일이니 어떻게 해서든 비웃음을 사는 인간은 되고 싶지 않다. 그래서 무사시노의 들에 그것을 찾으러 온 것이다. 어떻게 하면 좀 더 남에게 비웃음을 받지 않는 사람이 될까 하고 말이다."

"아무리 가도 이런 곳에 집은 없을 거예요. 있다 하더라도 농부가 살고 있을 테니, 또 절에서 잘 수밖에……."

"그것도 좋지만 나무가 있는 곳에 가서 나무를 베고 대나무를 짜고 띠를 엮어서 사는 것도 좋단다."

"호덴가하라에 있을 때처럼요?"

"아니다. 이번에는 농사는 짓지 않을 게다. 매일 좌선이나 하든지. 이오리, 너는 책을 읽거라. 그리고 검 수련을 할 수 있도록 해 주마."

고슈구치甲州口의 역참인 가시와기柏木 촌에서 이곳 들판으로 들어왔다. 주니쇼곤겐十二小權現 언덕에서 짓칸十貫 언덕을 내려오고부터는 아무리 걸어도 똑같은 모습의 들판만 펼쳐졌다. 길은 풀들의 물결 속에서 끊어질 듯 이어지고 있었다.

이윽고 삿갓을 뒤집어 놓은 것 같은 소나무 언덕이 나타나자 무사시는 그곳의 지세를 보고 말했다.

"이오리, 여기서 살자꾸나."

발길이 닿는 곳에 하늘과 땅이 있었고 발길이 멈춘 곳에서 생활이 시작되었다. 새가 둥지를 만드는 것과 비교하면 두 사람이 살 암자 하나를 짓는 것은 한결 간소했다. 이오리는 가까운 농가에 가서 일꾼 한 명과 도끼, 톱과 같은 도구를 빌려 왔다. 며칠 사이에 초가 암자라고도 할 수 없고 오두막이라고도 할 수 없는 묘한 집이 완성되었다.

"태곳적 집이 이러지 않았을까?"

바깥에서 초암을 바라보는 무사시는 혼자 흥이 난 듯했다. 나무껍질과 대나무, 그리고 갈대와 판자만으로 지은 집이었는데 기둥은 근처에 있는 통나무를 이용했다. 집 안의 벽과 장지에 바른 얼마 안 되는 종이가 너무나 귀중하게 보였다. 골풀로 만든 발 너머에서는 이오리의 책 읽는 소리가 낭랑하게 흘러나오고 있었다. 가을이 와도 매미는 여전히 목청 높여 울어 댔지만 이오리의 글 읽는 소리를 이기지는 못했다.

"이오리."

"옛."

옛, 하고 대답했을 때, 이오리는 벌써 무사시의 발치에 와서 무릎을 꿇고 있었다. 요사이 엄하게 가르친 예의범절이었다. 예전 조타로에게는 그렇게 하지 않았었다. 자신이 하고 싶은 대로 내버려 두는 것이 한창 자라나는 아이에게 좋을 듯했고 자연스럽게 성장해 나가는 길이라고 생각했기 때문이다. 무사시 자신이 그렇게 자랐기 때문이었다. 하지만 나이가 들면서 생각도 달라졌다.

인간 본연의 성질 가운데 키워야 할 것과 키워서는 안 될 것이 있었다. 내버려 두면 키워서는 안 될 본질이 자라고 키워야 될 본질은 자라지 않았다. 이 초암草庵을 세울 때에도 도움이 되는 식물은 자라지 않고 방해가 되는 잡초나 관목은 아무리 잘라도 금세 무성해졌다.

오닌의 난 이래로 세상은 말 그대로 난마亂麻와 같은 세상이었다. 노부나가가 그것을 베고 히데요시가 한데 묶고 이에야스가 땅을 고르고 건물을 세우고 있었지만, 천하는 여전히 작은 불씨 하나로 불바다로 변할 가능성이 서쪽에 팽배해 있었다.

그러나 이 기나긴 난세도 마침내 일변할 때가 도래한 듯했다. 야성의 시대는 지나갔다. 무사시가 걸어온 발자취만 보더라도 앞으로 천하가 도쿠가와의 시대가 될 것인지, 도요토미의 수중으로 들어갈 것이지 민심의 향방은 이미 정해져 있었다. 그것은 난세에서 평화로, 또 파괴에서 건설로, 요컨대 원하던 원하지 않던 사람들의 마음속에는 다가올 시대의 문화가 큰 물결을 이루어 서서히 밀려오고 있었다.

무사시는 자신이 너무 늦게 태어났다고 생각했다. 또 하다못해 이십 년이라도 빨리 태어났더라면, 아니 십 년만 빨리 태어났더라도 좋았을 것이라고 생각했다. 무사시가 태어났을 때는 이미 덴쇼天正 십년의 고마키 합전小牧合戰[4]이 있던 해였다. 그리고 열일곱 살에는 바로 세키가하라 전투가 있었다. 이미 야성의 인간이 뜻을 펼치는 시대는 그 무렵부터 지나가 버렸던 것이었다. 지금 생각하면 시골에서 창 하나를 둘러메고 일국일성—國—城을 꿈꾸던 것은 시대착오적이고 세상 물정을 모르는 촌놈에 불과했다.

무사시는 이오리를 가르치면서 그렇게 생각하지 않을 수 없었다. 그 때문에 조타로와는 달리 특히 예의범절을 엄하게 가르쳤다. 다음 시대에 어울리는 무사로 키워 내야 한다고 생각했기 때문이다.

"스승님, 무슨 일이신지요?"

"해가 저물었다. 여느 때처럼 목검을 들어라. 검술을 가르쳐 주마."

"옛."

이오리는 목검 두 자루를 가지고 와서 무사시의 앞에 놓으며 공손히 머리를 숙였다.

"잘 부탁드리겠습니다."

무사시의 목검은 길었고 이오리의 목검은 짧았다. 둘은 목검을 겨눈 채 마주섰다.

"……."

---

4 고마키 합전小牧合戰. 나가구데長久手에서 벌어진 도요토미 히데요시와 도쿠가와 이에야스 진영 간의 전투. 덴쇼 12년(1584년), 도요토미 히데요시와 내통한 혐의로 세 명의 중신을 죽인 오다 노부카쓰織田信雄는 도쿠가와 이에야스와 동맹을 맺고 히데요시와는 단교했다. 이에 양 진영은 고마키에서 대치하다 나가구데에서 일전을 벌였고 결국 히데요시와 노부카쓰가 강화조약을 맺었다. 이 싸움은 도요토미 히데요시와 도쿠가와 이에야스가 맞붙은 유일한 싸움이었다.

"……."

무사시노 들판의 태양이 지평선 너머로 지고 있었고 초암 뒤편 삼나무 숲이 어느새 어둠에 잠겼다. 매미 소리가 나는 곳을 올려다보자 초승달이 나뭇가지 위에 소리 없이 걸려 있었다.

"……."

"……."

이오리는 무사시를 따라 똑같은 자세를 취했다. 무사시가 공격을 하라고 했기에 달려들려고 했지만 이오리는 생각대로 몸을 움직일 수가 없었다.

"……."

"눈!"

무사시가 말했다. 이오리가 눈을 크게 뜨자 무사시가 다시 말했다.

"눈을 봐라. 내 눈을 똑똑히 보아라."

"……."

이오리는 정신을 집중해 무사시의 눈을 노려보려고 했다. 그러나 무사시의 눈을 응시하면 자신의 눈빛은 힘을 잃고 자신도 모르게 무사시의 눈빛을 받아들이고 있었다. 그래도 꾹 참으며 무사시의 눈을 바라보려고 했지만 자신의 머리가 마치 다른 사람의 머리인 듯 정신이 아득해졌다. 머리뿐 아니라 손발은 물론이고 온몸이 텅 비어 버린 듯했다. 무사시가 다시 주의를 주었다.

"눈!"

어느 틈엔가 이오리의 눈은 무사시의 눈빛에서 도망치듯 안절부절 초점을 잃고 좌우로 움직이고 있었다. 이오리가 퍼뜩 그것을 깨닫고 신경을 거기에 집중하면 손에 무엇을 들고 있는지도 잊어버린 것처럼 짧은 목검은 백 관의 철봉처럼 점점 무거워졌다.

"……."

"눈, 눈!"

무사시는 그렇게 외치며 조금씩 앞으로 다가왔다. 그럴 때마다 뒤로 물러서던 이오리는 지금까지 수없이 꾸중을 들었다. 이오리는 무사시를 따라 앞으로 전진하려 했지만 무사시의 눈을 보면 도저히 한 발도 앞으로 내디딜 수가 없었다. 물러서면 꾸중을 들었다. 앞으로 나가려 해도 나갈 수가 없었다. 이오리의 몸은 사람의 손에 사로잡힌 매미의 몸처럼 점점 뜨거워졌다. 그때, 어린 이오리의 마음속에서 강렬한 불꽃이 솟구쳤다. 무사시도 그것을 느꼈다.

"오너라!"

무사시가 그렇게 말하며 어깨를 슬쩍 떨어뜨리며 물러서자 이오리가 소리를 지르며 달려들었다. 그러나 무사시의 모습은 이미 그곳에 없었다. 이오리가 몸을 돌려 보니 무사시는 자신이 있던 곳에서 처음과 같은 자세를 취하고 있었다.

"……."

"……."

어느새 사위는 밤이슬에 흠뻑 젖어 있었다. 눈썹을 닮은 초승달은 삼나무 숲을 벗어났고 바람이 불어올 때마다 벌레들은 숨을 죽였다. 낮에는 그다지 보이지 않던 가을 화초들도 얼굴에 화장을 하고 춤을 추듯 바람에 몸을 맡기고 흔들리고 있었다.

"……."

"오늘은 여기까지다."

무사시가 목검을 거두고 이오리의 손에 건넸을 때, 이오리의 귓가로 뒤편 삼나무 숲 부근에서 사람의 소리가 들려왔다.

"누가 왔군."

"또 길을 잃은 나그네가 묵게 해 달라고 왔나 봐요."

"가 보아라."

"예."

이오리가 뒤편으로 돌아가자 무사시는 대나무 마루에 앉아서 무사시노 들판의 밤을 바라보았다. 억새풀은 벌써 이삭이 났고 물결을 이루어 흔들리는 풀들은 가을빛이 역력했다.

"스승님."

"나그네더냐?"

"아닙니다. 손님입니다."

"손님?"

"호조 신조 님입니다."

"아, 호조 님이?"

"들길로 왔으면 좋았을 텐데 삼나무 숲 속에서 길을 잃고 헤매다 겨우 찾았답니다. 말을 저쪽에 매어 놓고 뒤편에서 기다리고 계십니다."

"이 집은 앞뒤가 없으니 이리 모시고 오너라."

"예."

이오리는 집 옆으로 돌아가더니 소리쳤다.

"호조 님, 스승님은 이쪽에 계십니다. 이쪽으로 오십시요."

무사시는 일어나 신조를 맞으며 완전히 건강을 회복한 모습을 보고 기뻐했다.

"오랜만에 뵙습니다. 필시 사람들을 피하기 위해 이곳에 거처를 마련했을 터인데 이렇듯 갑자기 찾아와 방해를 한 것을 용서하십시오."

신조의 말에 무사시는 웃으며 인사를 하며 마루 쪽으로 이끌었다.

"자, 앉으시지요."

"감사합니다."

"용케 아셨군요."

"여기에 계시는 걸 말입니까?"

"아무에게도 알리지 않았는데 말입니다."

"즈시노 고스케에게 듣고 알았습니다. 얼마 전, 그와 약속한 관음상이 다 되었다고 이오리가 가지고 왔다고 해서⋯⋯."

"아, 그때 이오리가 말했나 보군요. 아직 사람을 피해 한거할 나이는 아니지만 칠십오 일이나 이렇듯 은둔하고 있으니 시끄러운 소문도 잠잠해지고 또 고스케 님에게 화가 미칠 염려도 없을 거라 생각해서."

"죄송하다는 말씀을 드려야겠습니다."

신조가 머리를 숙이며 말했다.

"모두 저로 인해 이리 고생을……."

"아닙니다. 신조 님의 일은 지엽에 지나지 않습니다. 원인은 바로 고지로와 저 사이에 있는 것을."

"그 사사키 고지로에게 또 오바타 선생님의 자제분인 요고로 님이 살해되셨습니다."

"요고로 님이?"

"제가 당했다는 말을 듣고 고지로에게 복수를 하러 갔다가 오히려 목숨을 잃고 말았습니다."

"그리 말렸건만……."

무사시는 언젠가 오바타 가의 문 앞에서 만난 젊은 요고로의 모습을 떠올리며 마음속으로 애석해했다.

"허나 요고로 님의 심정도 이해할 만합니다. 문하생들은 모두 떠나고 이렇듯 저도 당하고 스승님께서도 얼마 전 병사하시자 마침내 결심을 하고 고지로를 치러 가신 듯합니다."

"흐음, 제가 만류한 방법이 잘못된 듯합니다. 말린 것이 오히려 요고로 님의 오기를 부추긴 것인지도 모르겠습니다. 참으로 애석한 일입니다."

"그래서 실은 제가 오바타가를 잇지 않으면 안 되게 되었습니다. 요고로 님 외에 노 스승님의 혈통이 없기 때문에 대가 끊긴 것과 마찬가지인데 제 아버님이신 아와노가미案房守께서 야규 무네노리 님께 실정을 말씀드려 스승님의 가명만은 양자인 제가 이을 수 있게 되었습니다. 하지만 미숙한 제가 오히려 고슈류 군학의 고명을 더럽히지 않을까 오직 그것이 두려울 뿐입니다."

무사시는 호조 신조가 '아버님 아와노가미'라고 한 말을 문득 되새기며 물었다.

"호조 아와노가미 님이라면 고슈류의 오바타가와 어깨를 겨루는 호조류 군학의 종가가 아닙니까?"

"그렇습니다. 제 선조는 엔슈遠州에서 가문을 일으키셨습니다. 조부께서는 오다와라小田原의 호조 우지쓰나北条氏網와 우지야스氏康 님을 이 대에 걸쳐 섬겼고 부친께서는 이에야스 공에게 발탁되셨으니, 삼 대째 군학을 계승해 오고 있습니다."

"그런 군학 가문에서 태어난 호조 님이 어떻게 해서 오바타가의 제자가 되신 건지요?"

"아버님께도 문하생들이 있고 장군 가에서 군학을 가르치고 계시지만 아들인 저에게는 아무것도 가르쳐 주시질 않았습니다. 다른 가문에 가서 사사하고 오라, 세상에 나가 먼저 고생을 배우고 오라, 뭐 그런 뜻인 듯합니다."

그 말을 듣고 보니 신조의 언행이나 인품 어디에서도 비천함이라고는 찾아볼 수가 없었다. 그의 부친은 호조류의 전통을 이어받은 아와노가미 우지가쓰氏勝였고 모친은 오다와라의 호조 우지야스의 딸이었다. 그러니 그의 인품 어디에서도 천박함이라고는 찾아볼 수 없는 것은 당연한 이치였다.

"어쩌다 이야기가 다른 곳으로 흘렀습니다만."

신조는 다시 본론으로 돌아갔다.

"실은 오늘 저녁 이리 갑작스레 방문한 것은 아버님의 명 때문입니다. 본래 아버님께서 몸소 감사의 인사를 하시려 했지만, 때마침 귀한 손님도 와 계시고 그분도 기다리고 계시니 제게 무사시 님을 모시고 오라 하셔서 이렇게 찾아온 것입니다."

신조는 무사시의 표정을 살폈다.

"예?"

무사시는 아직 신조의 말뜻을 잘 이해하지 못한 듯했다.

"귀한 손님이 신조 님 댁에서 저를 기다리고 있으니 데리고 오라고 하셨단 말입니까?"

"그렇습니다. 제가 모시겠습니다."

"지금 바로 말입니까?"

"예."

"대체 그분은 누구신지요? 저는 에도에 아는 사람이 없습니다만."

"어렸을 때부터 잘 알고 계시는 분입니다."

"예? 어려서부터요?"

무사시는 좀처럼 이해할 수가 없었다.

'누구일까? 어려서부터라면 혼이덴 마타하치? 아니면 다케야마竹山 성의 무사이거나 아버지의 친구 분일까? 혹시 오츠는 아닐까?'

미야모토 무사시 8_이천二天의 장

무사시는 그렇게 생각하며 그 손님이 누구냐고 묻자 신조는 난처한
듯 말했다.

"모시고 올 때까지 이름을 밝히지 말라고 하셨습니다. 직접 만나 뵙
는 편이 더 기쁠 것이라고 하셨습니다. 자, 그럼 가시지요."

무사시는 그 알 수 없는 손님을 만나고 싶어졌다.

'오츠는 아니겠지.'

그렇게 생각하면서도 마음 한 구석에는 오츠인지도 모른다는 생각
이 들기도 했다.

"그럼 가 봅시다."

무사시가 일어서며 말했다.

"이오리, 너는 먼저 자거라."

신조는 심부름을 한 보람이 있다고 기뻐하면서 서둘러 뒤편 삼나무
숲에 매어 놓은 말을 마루 앞까지 끌고 왔다. 말의 안장과 등자가 가
을 화초에 내린 이슬에 축축하게 젖어 있었다.

"어서 타시지요."

신조가 말고삐를 붙잡고 무사시에게 권하자 무사시는 굳이 사양하
지 않고 올라타며 말했다.

"이오리, 먼저 자거라. 나는 내일 돌아올지도 모르겠구나."

이오리가 밖으로 나와서 배웅했다.

"다녀오십시오."

말을 탄 무사시와 말고삐를 잡은 신조의 모습이 이윽고 싸리나무와

참억새 사이로 사라지자 이오리는 마루에 혼자 멍하니 앉아 있었다. 혼자서 초암을 지키는 건 드문 일이 아니었다. 또 호텐가하라의 외딴집에 있을 때를 생각하면 외롭지도 않았다.

'눈, 눈.'

이오리는 훈련을 할 때마다 무사시에게 주의를 받던 일을 떠올렸다. 밤하늘의 은하수를 바라보며 멍하니 그것을 생각하고 있었다.

'왜 그럴까?'

이오리는 스승인 무사시가 노려보면 왜 그 눈을 바라볼 수 없는지 알 수가 없었다. 그리고 어린 마음에도 어른들보다 더 분한 마음이 들어 그 이유를 풀려고 했다. 그러는 동안, 초암 앞에 있는 나무 한 그루를 휘감고 있는 포도덩굴 사이에서 자신을 노려보고 있는 두 눈과 마주쳤다.

"엇?"

살아 있는 눈이었다. 그것은 스승인 무사시가 목검을 들고 자신을 노려보는 눈에 지지 않을 만큼 빛을 발하는 눈이었다.

"날다람쥐구나."

이오리는 포도 열매를 먹으러 자주 오는 그 날다람쥐의 얼굴을 기억하고 있었다. 그 호박색 눈이 초암에서 비치는 등불 때문인지 요괴의 눈처럼 무섭게 빛을 발하고 있었다.

"제길, 내가 기개가 없다고 날다람쥐까지 날 노려보는구나. 네놈에게도 질까 봐!"

이오리는 오기가 생겨 날다람쥐의 눈을 무섭게 노려보았다. 그가 대나무 마루에서 양팔을 허리에 짚고 숨을 죽이고 노려보자, 고집이 세고 시의심이 많은 날다람쥐도 무엇을 느꼈는지 도망치지 않고 오히려 이오리의 얼굴을 계속해서 노려보았다.

"질까 봐!"

이오리도 노려보았다. 오랫동안 숨도 쉬지 않고 그렇게 노려보고 있었더니 드디어 이오리의 눈빛에 압도당했는지 포도나무 잎이 살짝 흔들리며 날다람쥐는 어디론가 사라지고 말았다.

"꼴좋다."

이오리는 쾌재를 불렀다. 땀에 흠뻑 젖었지만 왠지 가슴이 후련해지고 다음에 스승인 무사시와 마주할 때에는 지금처럼 맞서 노려보겠다고 마음먹었다.

이오리는 골풀로 만든 발을 내리고 초암 안에서 잠자리에 누웠다. 등불을 꺼도 발 사이로 달빛을 머금은 이슬의 푸르스름한 빛이 새어 들어왔다. 이오리는 자리에 눕자 이내 잠에 빠진 듯했다. 꿈인지 생시인지 머릿속에서 빛나는 구슬 같은 것이 반짝반짝 빛을 발하더니 점점 날다람쥐의 얼굴로 변했다.

"으응, 으음……."

이오리는 신음 소리를 냈다.

그러다 문득 그 눈이 이불 끝자락에 있는 듯한 느낌이 들어 펄쩍 일어나 보니 희끄무레한 작은 동물이 거적 위에서 눈을 부릅뜨고 이오리를 노려보고 있었다.

"앗, 저놈이!"

이오리가 몸을 한 바퀴 돌면서 베갯맡의 칼을 집어 들자 날다람쥐의 모습을 한 검은 그림자가 발에 들러붙었다.

"이놈!"

이오리는 칼로 발을 갈기갈기 베어 버리더니 밖으로 뛰어나가서 포도덩굴도 마구 베었다. 그렇게 들판을 둘러보고 있던 이오리는 두 개의 눈빛을 하늘가에서 발견했다. 그것은 파란빛을 발하고 있는 커다란 별이었다.

사현일등

어딘가에서 피리 소리가 아련히 들려왔다. 밤에 제사라도 지내는지 숲 속 나뭇가지 사이로 화롯불이 빨갛게 비치고 있었다. 말을 탄 무사시에게는 짧은 시간인지 몰랐지만 말의 고삐를 잡고 온 호조 신조에게는 이곳 우시고메까지는 꽤 먼 길이었음에 분명했다.

"여기입니다."

아카기赤城 언덕 아래, 한쪽은 아카기 신사의 넓은 경내였고 언덕길을 사이에 두고 그에 뒤지지 않는 넓은 토벽에 둘러싸인 택지가 있었다. 토호의 문 같은 외관을 본 무사시는 말에서 내리며 고삐를 신조에게 돌려줬다.

"고생하셨습니다."

문은 열려 있었다. 신조가 끄는 말발굽 소리가 저택 안에 울리자 기다리고 있었다는 듯 지등을 손에 든 무사들이 마중을 나왔다.

"어서 오십시오."

그들은 신조의 손에서 고삐를 받아 들더니 손님인 무사시에게 말했다.

"안내를 하겠습니다."

무사들은 신조와 함께 나무 사이를 지나 큰 현관 앞까지 왔다. 이미 현관 마루 양옆에는 밝게 불을 밝힌 촛대가 놓여 있었고 무사들과 하인들이 줄을 지어 머리를 숙이고 있었다.

"기다리고 계십니다. 어서 올라가시지요."

"실례하겠습니다."

무사시는 층계로 올라 하인이 안내하는 대로 걸어갔다.

저택 구조는 특이했다. 계단에서 계단으로 위로만 올라가게 되어 있었는데 아카기 언덕 절벽을 따라 몇 개의 방이 성루처럼 자리하고 있었다.

"잠시 여기서 쉬고 계십시오."

무사들은 무사시를 한 방으로 안내한 후 물러갔다.

무사시는 방에 앉자 그 방이 상당히 높은 위치에 있음을 깨달았다. 정원의 끝 바로 아래로 에도 성의 북쪽 해자가 보였고 성벽을 둘러싼 구릉지의 숲도 이곳에서 바라보면 낮에도 운치가 있을 듯했다.

"……."

아치 모양의 장지문이 소리 없이 열리더니 아리따운 시녀가 종종걸음으로 들어와서 무사시 앞에 과자와 차, 담배 등을 갖다 놓고 말없이 물러갔다. 고운 허리끈과 옷자락이 벽에서 나왔다가 벽으로 빨려 들어가듯 사라지자 은은한 향기가 밀려왔다. 문득 무사시의 가슴에 잊고 있었던 여자라는 존재가 되살아났다.

잠시 후, 시종을 거느린 주인이 나타났다. 신조의 부친인 아와노가미 우지가쓰였다. 그는 자신의 아들과 동년배인 무사시가 어린아이처럼 보이는지 무사시를 보자 너무나 친근하게 말했다.

"이거, 잘 오셨소이다."

그는 엄숙한 인사 따위는 생략하고 시종이 내놓은 방석에 무장처럼 책상다리를 하고 앉더니 말했다.

"내 듣기로 신조가 큰 은혜를 입었다고 알고 있소. 이렇듯 오시게 하여 감사 인사를 하는 것이 예의에 어긋나는 듯하지만 용서하시오."

그는 부채 끝에 두 손을 포개고 약간 머리를 숙였다.

"황송합니다."

무사시도 가볍게 머리를 숙이며 아와노가미를 보았다. 이미 앞니가 세 개나 빠진 노인이었지만 피부는 윤이 났고 약간 흰색도 섞여 있긴 했지만 굵은 콧수염을 양쪽으로 기르고 있었다. 그리고 그 수염이 이가 없는 입술 주변의 주름을 교묘하게 감추고 있었다.

'자식이 많은 노인인 듯하군. 그래서인지 젊은 사람도 친근함을 느끼게 하는 사람이다.'

그렇게 느낀 무사시도 격의 없이 물었다.

"아드님의 말로는 저를 알고 계신 손님이 댁에 와 있다고 하시는데 대체 누구신지요?"

아와노가미가 차분한 어조로 말했다.

"그대도 잘 아는 사람이오. 우연하게도 두 사람 모두 그대를 잘 알고 있소."

"그러면 손님이 두 분이십니까?"

"두 사람 모두 나와 친한 벗인데, 실은 오늘 성에서 만나 서로 이런 저런 이야기를 하는 동안 신조가 인사를 하러 와서 그대의 이야기가 시작된 것이오. 그러자 손님 중의 한 분이 돌연 오랜만이니 만나고 싶다고 하자 다른 한 분도 만나게 해 달라고 한 것이오."

아와노가미는 그런 말만 늘어놓으며 손님이 누구인지 좀처럼 밝히지 않았다. 하지만 무사시는 어렴풋이 짚이는 데가 있어 빙그레 웃으며 슬쩍 물어보았다.

"알 것 같습니다. 혹시 슈호 다쿠안 스님이 아니십니까?"

"하하, 맞혔소이다."

아와노가미는 무릎을 치며 즐거워했다.

"바로 그렇소. 오늘 성 안에 만난 것은 다쿠안 스님이오."

"정말 오랫동안 뵙지 못했습니다."

무사시는 손님 한 명이 다쿠안이라는 사실을 알았지만 또 한 명은 누구인지 짐작이 가지 않았다.

"자, 따라오시오."

아와노가미는 무사시를 데리고 방을 나가서 다시 계단을 올라 기억

자로 구부러진 복도의 깊숙한 곳까지 갔는데 순간 그곳에서 아와노가미의 모습이 보이지 않았다. 복도와 계단이 너무 캄캄해서 무사시의 걸음이 늦어진 탓도 있었지만, 그래도 참으로 성질이 급한 노인이었다.

"……?"

무사시가 발길을 멈추고 서 있자 불빛이 비치는 안쪽 방에서 아와노가미가 말했다.

"여기요."

"예."

무사시는 대답은 했지만 한 걸음도 앞으로 나가지 않았다. 불빛이 흘러나오는 툇마루와 그가 서 있는 복도 사이에는 약 아홉 자 정도의 어둠이 깔려 있었는데 무사시는 그 어두운 벽 쪽에서 어떤 기척을 느꼈던 것이다.

"왜 오지 않소? 이쪽이오. 빨리 오시오."

아와노가미가 또 불렀다.

"예."

무사시는 그렇게 대답할 수밖에 없는 위치에 있었다. 그러나 역시 앞으로 나가지 않았다. 무사시가 조용히 발길을 돌려 열 걸음 정도 돌아가자 정원 쪽으로 나가는 화장실 문이 있었다. 무사시는 그곳의 댓돌에 놓여 있는 나막신을 신고 정원을 따라 아와노가미가 부르고 있는 방 앞으로 돌아갔다.

"아니, 그곳으로?"

아와노가미가 전혀 뜻밖이라는 듯한 얼굴로 방 한쪽에서 돌아보자 무사시는 개의치 않고 방 안 정면에 있는 다쿠안을 보고 웃었다. 다쿠안은 자리에서 일어나 기쁘게 맞았다.

"무사시!"

다쿠안은 사뭇 보고 싶었다는 듯 몇 번이고 기다리고 있었다는 말을 되풀이했다. 실로 오랜만의 해후였다. 두 사람은 잠시 동안 서로의 모습을 그저 바라만 보았다. 게다가 무사시는 이런 곳에서 다쿠안을 만나자 마치 이 세상에서 만난 것 같지 않은 기분이 들었다. 먼저 다쿠안이 말을 꺼냈다.

"먼저 나부터 그 뒤의 일들을 이야기해야겠군."

그렇게 말하는 다쿠안은 예전 그대로의 남루한 승복을 입고 있었지만 염주도 가지고 있지 않았는데 어딘가 이전의 그와는 풍모도 달라진 듯했고 말씨도 온화해져 있었다. 무사시가 예전의 야인과 같은 모습에서 지금은 온후함이 몸에 밴 것처럼 다쿠안에게도 품격이나 선가禪家의 깊이가 몸에 밴 듯했다. 무엇보다 다쿠안은 무사시보다 열한 살이나 많았으니 어느덧 마흔에 가까운 나이였다.

"요전에 우리가 헤어진 게 교토에서였군. 그때 나는 어머니가 위독하셔서 다지마로 갔었지."

다쿠안은 이렇게 말을 시작했다.

"어머님의 상복을 입은 지 일 년, 이윽고 길을 나서 센슈泉州의 남종

사南宗寺에 몸을 의탁한 후에 다시 대덕사大德寺에도 갔었네. 또 미쓰히로 경들과 함께 세상을 등진 채 차와 노래에 빠져 몇 년을 지내다 근래에 기시와다岸和田의 성주인 고이데 우교노신小出右京進과 함께 에도가 어찌 변했는지 구경을 온 것이네."

"그럼 근래에 에도로 오신 것입니까?"

"우대신右大臣가의 히데타다秀忠와 대덕사에서도 두 번 정도 만났었고, 히데요시 님도 이따금 알현했지만 에도는 이번이 처음이네. 그런데 자네는?"

"저도 초여름 무렵부터……."

"그런데 자네 이름은 간토에서도 유명하더군."

무사시는 다소 부끄러운 듯 눈을 내리깔며 말했다.

"악명뿐이어서……."

다쿠안은 그 모습을 찬찬히 바라보았다. 무사시의 '다케조' 시절의 모습을 떠올리고 있는 듯했다.

"자네 나이에 미명이 높은 것이 오히려 이상한 일일 걸세. 악명이라도 개의치 말게. 불충, 불의, 역도와 같은 악명이 아닌 한은 말일세."

다쿠안은 이렇게 말하고 무사시에게 물었다.

"헌데 자네의 수행과 지금의 근황 등을 묻고 싶네만."

무사시는 근래 몇 년 동안의 일들을 술회하듯 이야기했다.

"여전히 미숙하고 불각하여 아직도 참다운 깨달음을 얻지 못했습니다. 한 발 내디딜수록 길은 점점 더 멀고 깊어져 어딘지 끝이 없는 산

속을 걸고 있는 심정입니다."

"흐음, 그럴 걸세."

다쿠안은 오히려 무사시의 솔직한 심경을 듣고 기뻐하며 말했다.

"아직 서른도 안 된 자가 길 도道 자의 의미를 아는 듯 흰소리를 한다면 그자는 더 이상 발전할 수 없을 것이네. 십 년 먼저 태어난 나 같은 중도 누군가 선禪에 대해 물어 오면 등골이 오싹해지네. 그러나 신기하게도 세상은 이런 번뇌에 찬 중을 붙잡고 불법을 듣고 싶다거나 가르침을 얻고 싶다고 하네. 자네는 나처럼 과대평가를 받고 있지 않은 만큼 홀가분한 몸이 아닌가? 법문에 몸을 둔 자로서 무서운 것은 사람들이 자칫 나를 생불처럼 우러러 보는 것이네."

두 사람이 이야기에 빠져 있는 사이에 술상이 들어왔다.

"아, 그렇지. 아와노가미 님, 다른 손님을 불러 주시지 않겠습니까?"

다쿠안이 생각난 듯 말했다.

상에는 네 사람의 음식이 차려져 있었다. 지금 이곳에 있는 사람은 다쿠안, 아와노가미, 무사시 이렇게 세 명뿐이었다. 아직 모습을 드러내지 않은 또 한 명의 손님은 누구일까, 무사시는 이미 알고 있었지만 아무 말도 하지 않고 앉아 있었다. 다쿠안이 재촉을 하자 아와노가미는 조금 당황한 기색으로 주저하며 물었다.

"부르시겠습니까?"

그러고는 무사시 쪽을 보고 먼저 변명하듯 의미심장하게 말했다.

"이거 우리의 계책을 그대가 훤히 꿰뚫어 보고 있는 듯하구만. 이 계책을 생각해 낸 내가 부끄럽소."

다쿠안이 웃으며 말했다.

"패한 이상 깨끗이 갑옷을 벗고 털어놓는 것이 좋을 듯합니다. 좌흥을 위한 계책인데 호조류의 종가께서 더 이상 고집을 부리는 것도 무리인 듯합니다."

"이거 완패로구만."

아와노가미는 이렇게 중얼거리더니 여전히 어딘가 석연치 않은 얼굴로 자신의 계책을 털어놓으면서 무사시에게 질문을 했다.

"실은, 아들인 신조와 다쿠안 스님에게 자네 이야기는 들어 잘 알고 있었네. 그래서 실례인 줄 알면서도 현재 수행이 어느 정도인지 그것을 알 방법도 없고 또 직접 만나서 말로 물어보는 것보다 먼저 눈으로 직접 보고 싶은 마음이 들어, 마침 함께 있던 분에게 의중을 물었더니 알았다고 내 계획을 받아들이셨네. 하여 아까 그리 어두운 복도의 벽에 그분이 칼을 빼 들고 기다리고 있었던 것이네."

아와노가미는 새삼 사람을 시험하려 했던 것이 부끄러운지 사과의 뜻을 표하며 말했다.

"그래서 실은 내가 일부러 여기에서 빨리 오라고 몇 번이나 불렀던 것이네. 그런데 그때 그대는 그것을 어찌 알고 뒤로 돌아가 정원을 따라 이 방의 툇마루로 돌아왔는지 알고 싶네."

아와노가미가 그렇게 말하고 가만히 바라보자 무사시는 단지 입가에 웃음만 지을 뿐 좀처럼 설명을 하지 않았다. 그러자 다쿠안이 말했다.

"그것이 군학자인 아와노 님과 검인인 무사시와의 차이일 겁니다."

"그 차이란 무엇이오?"

"말하자면 지智를 기초로 하는 병리兵理의 학문과 심心의 진수인 검법의 차이겠지요. 이론적으로 말하자면 군학에서는 이렇게 유인하면 이렇게 올 것이라고 생각하겠지만 검법에서는 그것을 육안으로 보고 피부에 닿기 전에 감지해서 미연에 위기에서 몸을 피하는 검의 심기心機······."

"심기란 무엇이오?"

"선기禪機."

"허면 다쿠안 스님도 그러한 것을 알고 있습니까?"

"글쎄요."

"아무튼 미안하게 됐네. 보통 사람이었다면 어떤 살기를 느꼈다 해도 때를 놓치든가 또는 실력을 발휘하겠다는 생각부터 가질 텐데 뒤로 돌아가 나막신을 신고 이리로 왔을 때는 실은 나도 가슴이 철렁했네."

"······."

무사시는 당연한 일이라는 듯 아와노가미의 감탄에는 그다지 흥미가 없는 표정이었다. 오히려 자신이 그의 계획을 사전에 간파했기 때문에 이곳으로 들어오지 못하고 밖에 있는 벽에 계속 서 있는 사람에게 미안한 생각이 들었다.

"그만 다지마노가미但馬守 님을 이리 모셔 오시길 바랍니다."

"아니?"

무사시가 그렇게 말하자 아와노가미뿐 아니라 다쿠안도 놀라며 물었다.

"어떻게 다지마노가미 님이라는 걸 알았나?"

무사시는 다지마노가미에게 상좌를 양보하기 위해 자리를 물리며 대답했다.

"어둡기는 했지만 그 벽의 그늘에 서려 있는 검기와 또 여기에 계신 분의 면면을 생각하면 다지마노가미 님이 아니면 누가 있겠습니까?"

"뛰어난 통찰이로세."

아와노가미가 감탄하여 고개를 끄덕이자 다쿠안이 밖을 향해 외쳤다.

"맞았네. 다지마노가미 님이네. 거기 밖에 계신 분, 들키고 말았으니 그만 들어오시지요."

밖에서 웃음소리가 들리더니 이윽고 야규 무네노리가 방으로 들어왔다. 무네노리와 무사시는 말할 것도 없이 첫 대면이었다. 무사시는 이미 그 전에 말석으로 자리를 옮겼다. 다지마노가미를 위해 상좌를 비워 놓았지만 그는 거기에 앉지 않고 무사시 앞으로 와서 인사를 했다.

"내가 야규 다지마노가미 무네노리요. 만나게 되어 반갑소이다."

무사시도 인사를 했다.

"처음 뵙겠습니다. 사쿠슈의 낭인, 미야모토 무사시라고 합니다. 앞으로 모쪼록 잘 부탁드리겠습니다."

"얼마 전, 가신인 기무라 스케구로에게 전언을 들었는데 마침 공교롭게도 고향에 계신 아버님이 중환이셔서……."

"세키슈사이 님의 병환은 좀 어떠하신지요?"

"연세가 연세인지라, 언제……."

다지마노가미는 말끝을 흐렸다.

"그리고 그대에 대해서는 아버님의 편지와 또 다쿠안 스님께도 잘 듣고 있었소. 특히 조금 전의 주의에는 참으로 감탄했소. 예의에 어긋난 듯하지만 예전부터 나와 시합을 하길 바랐던 것도 이것으로 이뤘다고 할 수 있을 듯하니 너무 마음 상해하지 마시오."

온후한 기풍이 무사시의 남루한 모습을 부드럽게 감싸 주는 듯했다. 무사시는 다지마노가미가 소문과 다름없이 총명한 달인이라는 것을 이내 느낄 수 있었다.

"부끄럽습니다."

무사시는 저절로 무네노리 이상으로 몸을 낮추며 그렇게 말할 수밖에 없었다. 다지마노가미는 비록 일만 석이긴 하지만 제후의 반열에 있는 사람이었다. 그의 가문으로 말하자면 멀리 덴쿄天慶 시대부터 야규의 호족으로 알려져 있고 또한 장군 가의 사범이어서 일개 야인에 불과한 무사시와는 비교도 되지 않는 권문 출신이었다. 이렇게 동석해서 이야기를 나누는 것조차 당시 사람들의 관념상으로도 파격적이었다. 하지만 이곳에는 병법 학자인 아와노가미도 있었고, 또 야승인 다쿠안도 그런 신분에는 구애 받지 않고 있었기 때문에 무사시도 다소 마음의 짐을 내려놓고 앉아 있을 수 있었다.

이윽고 술잔이 돌고 이야기꽃이 피었다. 거기에는 계급의 차이나 나이의 구애가 없었다. 무사시는 이것은 자신에 대한 대우가 아니라 '도道'의 덕이며 '도'의 교류인 까닭에 용납되는 것이라고 생각했다.

"그렇지."

다쿠안은 무슨 생각이 떠올랐는지 잔을 내려놓으면서 무사시에게 물었다.

"요즘, 오츠는 어찌 지내는가?"

그 갑작스런 질문에 무사시는 얼굴을 붉혔다.

"어떻게 지내는지 그 후엔 전혀……."

"전혀 모른단 말인가?"

"예."

"그거 참. 오츠도 언제까지 모른 체하며 내버려 둘 수 없는 일이네."

그때 무네노리가 물었다.

"오츠란 야규에 계신 아버님 곁에 있던 그 여인 말입니까?"

"그렇습니다."

다쿠안이 대신해서 대답하자 무네노리가 놀라며 말했다.

"그 여인이라면 지금 조카인 효고와 함께 고향에서 아버님의 병구완을 하고 있을 것입니다. 그런데 무사시 님과 그 이전부터 알고 있는 사이였소?"

다쿠안이 웃으며 말했다.

"알고 있는 사이 정도가 아닙니다. 하하하."

병학가는 있으나 병학에 관한 이야기는 없었다. 선승은 있으나 선에

관한 얘기는 전혀 없었다. 다지마노가미와 무사시도 있었지만 검에
관한 이야기도 전혀 화제에 오르지 않았다.

"무사시는 좀 낯간지러울지 모르지만……."

다쿠안이 넌지시 놀리듯 그렇게 운을 띄운 후, 아까부터 계속해서
화제에 오른 것은 오츠였다. 그는 그녀의 어릴 적 얘기부터 무사시와
의 관계를 밝히며 말했다.

"언젠가 두 사람을 어떻게든 해야겠는데, 내 힘으로는 어찌할 수가
없으니 두 분이 좀 도와주셔야겠습니다."

다쿠안은 다지마노가미와 아와노가미에게 무사시가 한곳에 정착할
수 있도록 부탁하는 투로 말을 했는데 다른 이야기를 하는 중에도 무
사시에게 은근히 재촉하듯 말했다.

"이제 자네도 나이가 있으니 일가를 이룰 때가 된 듯하군."

그러자 다지마노가미와 아와노가미도 옆에서 거들며 넌지시 무사
시에게 에도에 오래 머물 것을 권했다.

"수행도 지금까지 쌓았으면 충분할 것이고……."

다지마노가미는 지금 당장은 아니더라도 오츠를 야규 계곡에서 불
러와서 무사시에게 시집보내 에도에서 일가를 이루게 한다면, 야규가
와 오노小野가와 더불어 삼대 검종劍宗이 정립될 것이고 이 새로운 에도
에서 눈부신 검도의 융성기를 맞이할 수 있을 것이라고 생각하고 있
었다.

다쿠안과 아와노가미도 같은 생각이었다. 특히 아와노가미로서는

자식인 신조가 무사시에게 받은 은혜에 보답하기 위해서라도 그를 꼭 장군 가의 사범으로 천거하겠다는 생각을 품고 있었다. 이것은 신조를 시켜 무사시를 불러오기 전부터 나온 말이었는데 다지마노가미가 먼저 무사시의 인물됨을 보고서 결정하자고 했던 것이다.

이에 무사시를 시험해 본 다지마노가미는 그의 실력도 알게 되었고 출생이나 성격, 그리고 지금까지의 수행 이력 등은 다쿠안이 보증하는 바이어서 이의가 없었다. 단지 장군 가에 사범으로 천거하는 경우에는 당연히 하타모토旗本[5]에 들어 있지 않으면 안 되었다. 미가와三河 이래로 대대로 장군을 섬겨 온 무사들이 많이 있었고 현재 도쿠가와 가가 천하를 평정하고부터는 새로 받아들이는 자에 대해서는 백안시하는 경향도 있었고 그로 인해 근래에 이런저런 문제가 발생해서 어려운 것도 사실이었다. 하지만 이 문제는 두 사람이 천거를 하고 다쿠안이 거든다면 불가능한 일은 아니었다.

또 하나의 문제는 가문이었다. 무사시는 물론 족보를 가지고 있지 않았다. 무사시의 선조는 아카마쓰 일족으로 히라타 쇼겐平田將監의 먼 후예라고 하지만 정확한 것이 아니었고 도쿠가와 가와 아무런 연고도 없었다. 오히려 인연이 있다고 하면 세키가하라 싸움에서 창 하나를 들고 일개 병사로 참전해서 도쿠가와 가의 반대편에 섰다는 불리한 경력이 있었다.

---

5 에도시대에 장군에 직속된 무사로서 녹봉으로 500석 이상~1만 석 미만을 받고 있는 무사를 뜻함.

그러나 세키가하라 전투 이후, 비록 적군이었던 낭인이라고 해도 등용된 예는 꽤 있었다. 또 오노 지로우에몬小野治郎衛門 같은 이는 이세 마쓰자카伊勢松坂에 숨어 있던 기타바다케北畠가의 낭인이었지만 장군 가문에 발탁되어 사범이 된 전례도 있어서 가문의 문제도 그리 걱정할 만큼의 장해가 되지는 않았다.

"아무튼 천거는 해 보겠지만 정작 중요한 본인의 의향은 어떤지?"

다쿠안이 이제까지 오간 이야기를 마무리하기 위해 무사시의 의중을 물었다.

"제겐 너무 과분한 말씀입니다. 하지만 아직 제 몸 하나 제대로 건사하지 못하는 미숙한 몸입니다."

"아니네. 이젠 제대로 건사할 수 있을 듯하여 천거하는 것이네. 일가를 이룰 의향은 없는가? 또 오츠를 저대로 내버려 둘 셈인가?"

다쿠안은 단도직입적으로 무사시에게 물었다. 오츠를 어떻게 할 것이냐는 그의 질문에 무사시는 질책을 받는 심경이었다.

'불행해지더라도 제 마음이 향하는 대로.'

오츠는 이 말을 다쿠안에게도 했고 무사시에게도 항상 했지만 사람들은 그렇게 여기지 않았다. 사람들은 남자의 책임이라고 생각했다. 여자가 스스로 결정했다고 하더라도 그 결과는 남자 탓이라고 생각하는 것이다.

무사시도 절대 자신의 탓은 아니라고 생각하지 않았다. 아니 그렇게 생각하고 싶지 않았다. 그녀는 사랑에 이끌려 왔으며 그리고 사랑의 고통은 두 사람이 함께 져야 한다는 사실도 잘 알고 있었다. 그렇지만 막상 그녀를 어떻게 할 것인가 하는 문제에 이르면 무사시는 확실한 대답을 할 수 없었다. 그 근저에는 일가를 이루기는 아직 이르다는 생각이 숨겨져 있었다.

검의 길로 깊고 멀리 들어갈수록 오직 그 길에만 집중하고 싶은 욕구로 인해 잠시라도 멈추고 싶은 마음이 들지 않았다. 좀 더 솔직히 말자하면 무사시는 호텐가하라의 개간 이후로 검에 대한 그때까지의 생각이 완전히 바뀌었다. 그의 욕구는 기존의 검인들과는 전혀 다른 시점을 가진 방향으로 향하고 있었다.

장군 가에 들어가 검을 가르치기보다 토민과 농부의 손을 잡고 치국治國의 길을 개척해 보고 싶었다. 정복의 검, 살인의 검은 이제까지의 사람들이 걸어갔던 길이었다. 무사시는 개간지에 친숙해진 후로 그들이 걸어간 길을 넘어선 검의 길에 대해 얼마나 깊이 생각했는지 몰랐다.

스스로를 수양하고 지키고 연마하면서 죽는 순간까지 온전히 걸어갈 수 있는 검의 길을 세운다면, 그 길을 통해 세상을 다스릴 수는 없을까? 백성을 평안하게 하는 일은 불가능할까? 그 후로부터 무사시는 단순한 검의 재주를 바라지 않게 되었다. 언젠가 이오리에게 편지를 건네며 다지마노가미 가에 보낸 것도 예전처럼 야규의 대종大宗을 쓰러뜨리기 위해 세키슈사이에게 임한 것과 같은 천박한 패기 때문이 결코 아니었다. 지금 무사시의 희망은 장군 가의 사범이 되기보다는 작은 번藩이라도 좋으니 치국에 참여하는 것이었다. 검을 잡는 법을 가르치기보다 바른 정치를 펼쳐 보고 싶었다.

　남들은 웃을 것이다. 필시 기존의 검인이 무사시의 포부를 듣는다면 어리석다거나 아직 어리다고 비웃을 것이었다. 혹은 무사시를 아는 사람이라면 정치를 하면 타락할 것이고 특히 순결을 고귀하게 여기는 검이 흐려질 것이라고 그를 위해 애석해할 것이었다.

　여기에 있는 세 사람도 무사시의 진의를 들으면 모두 그렇게 말할 것이 틀림없었다. 무사시도 그것을 잘 알고 있었다. 그래서 무사시는 그저 미숙하다는 이유로 몇 번이나 사양했다. 하지만 다쿠안은 그저 가볍게 흘려들었고 아와노가미도 마찬가지였다.

　"아무튼 자네에게 나쁜 일이 생기도록 하진 않을 테니 우리에게 맡겨 두게."

　밤은 깊어져 갔다. 술은 부족함이 없었지만 때때로 촛불이 그을음을 토해 내며 흔들렸다. 그때마다 호조 신조는 심지를 자르러 와서 이야기를 듣고는 거들었다.

　"정말 좋을 듯합니다. 세 분의 천거가 실현되면 하루 날을 잡아 연회를 열어 축하를 해야겠습니다."

황금의
유혹

아침에 일어나니 아케미의 모습이 보이지 않았다.

"아케미!"

마타하치는 부엌에서 목을 내밀고 그녀를 불러 보았다.

"없나?"

고개를 갸웃거렸다. 전부터 그녀가 도망칠지도 모른다는 예감이 들지 않은 것은 아니었다. 벽장문을 열어 보니 여기에 와서 지은 그녀의 새 옷도 없었다. 마타하치는 얼굴빛이 달라지더니 급히 토방에 있는 짚신을 신고 밖으로 나갔다. 옆집에 우물 파는 운페이 집도 들여다보았지만 보이지 않았다. 당황한 마타하치는 거리 모퉁이까지 물어보며 다녔다.

"아케미를 보지 못했습니까?"

그러던 중 아침에 보았다는 사람이 있었다.

"아, 숯가게 아주머니군요. 어디서 보셨나요?"

"평소와 달리 화장도 예쁘게 했기에 어디에 가느냐고 물었더니, 시나가와의 친척집에 간다고 하던데."

"시나가와요?"

"그쪽에 친척이 있나 보지?"

이 부근 사람들은 마타하치를 남편으로 알고 있었고 마타하치도 남편 행세를 하고 있었다.

"그렇군. 시나가와에 갔나 보군."

쫓아갈 만큼 집착도 강하지 않았지만 어쩐지 씁쓸했다.

"멋대로 하라지."

마타하치는 침을 퉤 뱉고 중얼거리면서 축 늘어진 표정으로 해변 쪽으로 걸어갔다. 시바우라芝浦 거리를 가로지르면 바로 해변이었고 어부의 집들이 드문드문 있었다. 아케미가 아침밥을 짓는 동안에 해변가로 가서 그물에 걸린 고기 대여섯 마리를 들고 오면 밥상이 차려져 있었다. 오늘 아침에도 생선이 모래 위에서 퍼덕거리고 있었지만 마타하치는 주울 기분이 아니었다.

"마타하치, 무슨 일이라도 있나?"

누군가 등을 두드려서 돌아보니 쉰다섯 쯤 되는 뚱뚱한 상인이 눈가에 주름을 지으며 웃고 있었다.

"전당포 아저씨군요."

"아침은 정말 좋지 않나. 이리 시원하니 말일세."

"예에."

"매일 아침, 밥을 먹기 전에 이렇게 해변을 산책하는 겐가? 하긴 이보다 건강에 좋은 건 없지."

"아저씨 같은 분은 걷는 게 몸에 좋을지 모르지만……."

"안색이 좋지 않군."

"예."

"무슨 일이라도 있나?"

"……."

마타하치는 모래를 한 줌 주워 허공을 향해 뿌렸다. 급전을 빌리러 갈 때마다 마타하치나 아케미는 언제나 이 전당포 주인을 찾아갔었다.

"아 참, 매번 기회가 오면 말해야지 생각하다 그만 지나치고 있었는데, 오늘 장사하러 나가나?"

"왜요? 가든 안 가든 그깟 수박이나 배를 팔아 봤자 무슨 큰돈을 벌수 있을라고요."

"보리멸치를 잡으러 가지 않겠나?"

마타하치는 나쁜 일을 한 것을 사과라도 하듯 머리를 긁적이며 말했다.

"전 낚시를 좋아하지 않는데요."

"그야 싫으면 잡지 않아도 되네. 저기 있는 게 내 배인데 그저 먼바다까지 나가기만 해도 기분이 상쾌해질 걸세. 노는 저을 수 있겠지?"

"예."

"자아, 그럼 가세. 자네가 천 냥이나 벌 수 있을 얘기가 있네. 싫은가?"

시바우라 해변에서 다섯 정町이나 바다로 나갔지만 바다는 삿대가 바닥에 닿을 만큼 얕았다.

"저한테 돈을 벌게 해 주겠다는 건 대체 무슨 말씀이죠?"

"그리 서두를 건 없네."

전당포 주인은 육중한 몸으로 천천히 앉으며 말했다.

"마타하치, 그 낚싯대를 뱃머리에서 늘어뜨리게."

"어떻게 말이죠?"

"낚시를 하고 있는 것처럼 보이게 말이네. 바다 위지만 저처럼 보는 눈이 많으니 말일세. 하는 일도 없이 둘이 머리를 맞대고 있으면 공연히 의심을 받을 게 아닌가?"

"이렇게요?"

"음, 됐네."

전당포 주인은 비싸 보이는 도기로 된 담뱃대에 담배를 재운 후 한 대 피우며 말했다.

"내 속내를 말하기 전에 자네에게 묻겠네. 지금 자네가 살고 있는 집의 이웃들은 나에 대해 어떻게 말하고 있나?"

"아저씨 말입니까?"

"그래."

"전당포라면 인정머리가 없지만 나라이 님은 잘 빌려 준다. 다이조

님은 고생을 많이 해서 세상 물정을 잘 알고 있다고…….”

“그런 전당포 일에 대한 얘기 말고 이 나라이의 다이조에 대해서 말이네.”

“사탕발림이 아니라 좋은 사람이다, 자비심이 많은 분이라고 모두 말하고 있습니다.”

“내가 신심이 깊은 사람이라고는 아무도 이야기하지 않던가?”

“그에 대해선 참으로 좋은 일을 한다고 말하지 않는 사람이 없습니다.”

“봉행소의 포졸들이 나에 대해 물어보지는 않던가?”

“그런 일이 있을 리가 없죠.”

“하하하, 별 시답지 않은 걸 다 묻는다고 생각하겠지만 실을 내 직업은 전당포가 아니네.”

“예?”

“마타하치.”

“예.”

“천 냥이라면 큰돈이고 평생 이런 행운은 두 번 다시 없을 거네.”

“분명, 그야 그럴 테죠.”

“그 기회를 잡지 않겠나?”

“무엇을요?”

“그 큰돈을 벌 기획 말일세.”

“어, 어떻게 하란 말씀이죠?”

"나에게 약속을 하면 되네."

"예, 예."

"하겠나?"

"하겠습니다."

"도중에 딴말하면 목이 달아날 것이네. 돈 욕심이 나겠지만 잘 생각해서 대답하는 게 좋을 걸세."

"대체 어떤 일입니까?"

"우물을 파는 것이네. 쉬운 일이지."

"그러면 에도 성 안에?"

다이조는 바다를 둘러보았다. 목재이며 이즈이시伊豆石[6], 성을 개축하는 데 쓰이는 자재를 실은 배들이 축로를 나란히 하고 에도 만에서 번의 깃발을 펄럭이고 있었다. 토도藤堂, 아리마有馬, 가토加藤, 다데伊達, 그중에는 호소가와 번의 깃발도 보였다.

"마타하치, 무슨 일인지 알겠나?"

다이조는 담배를 다시 재우며 말했다.

"마침 자네의 옆집에 우물을 파는 운페이가 살고 있고, 늘 그가 자신의 아래 들어와 일을 하라고 하니 금상첨화 아닌가."

"그뿐입니까? 우물을 파기만 하면 제게 큰돈을 준다는 말씀입니까?"

"그리 서두르지 말게. 얘기는 이제부터니까 말일세."

다이조는 밤에 은밀히 자신을 찾아오면 선금으로 황금 서른 장을 주

---

6 시즈오카 현과 가나가와 현의 해변에서 나는 청회색의 휘석 안산암.

겠다고 했다.

"할 텐가?"

"하겠습니다!"

둘은 이렇게 약속을 하고 헤어졌다. 마타하치는 다이조가 대가로 주겠다고 한 황금만 생각하고 그가 내건 조건과 내용에 대해서는 막연한 짐작으로 그렇게 말한 것밖에 기억하지 못했다. 그러나 하겠다고 대답했을 때, 마타하치의 입술에 희미한 경련이 일었던 듯싶었다. 마타하치에게는 황금은 너무나 매력적인 유혹이었다. 게다가 아무런 희망도 없었다. 지금까지의 불운을 그 황금으로 보상받을 수 있을 듯싶었다. 또 앞날도 보장받을 수 있을 것이었다. 아니, 마타하치의 마음속에는 그런 욕망보다 오늘까지 자신을 바보 취급한 세상 사람들에게 여봐란 듯 복수를 할 수 있다는 생각이 더 강했다. 배에서 내려 집으로 돌아와 방 안에 벌렁 드러누워서도 마타하치의 머릿속은 온통 황금 생각뿐이었다.

"그렇지, 운페이 아저씨에게 부탁을 해야지."

마타하치는 밖으로 나가 옆집을 들여다봤지만 운페이는 나가고 없었다.

"밤에 다시 와야겠군."

마타하치는 다시 방으로 돌아왔지만 열병에 걸린 것처럼 좀처럼 가만있질 못했다. 그러다 문득 바다 위에서 전당포의 다이조가 한 말을 떠올리고 아무도 없는 뒤편 수풀과 앞쪽 골목을 둘러보았다.

"대체 뭐 하는 사람일까?"

마타하치는 지금에서야 그것을 생각해 보더니 배에서 다이조가 한 말을 되새겨 보았다. 다이조는 우물을 파는 인부들이 에도 성 안에 있는 니시노마루西之丸 어신성御新城이라고 부르는 작업장에 들어가는 것까지 알고 있었다.

'기회를 봐서 새로운 장군인 히데타다를 철포로 쏴 죽여라.'

다이조는 그렇게 말했다. 또 사용할 짧은 철포는 자기 쪽에서 성 안에 묻어 두겠다고 했다. 그 장소는 모미지紅葉 산 아래의 니시노마루 뒷문 안에 있는 수백 년 된 커다란 회화나무 밑이고, 그곳에 철포와 노끈을 같이 숨겨 놓을 테니 파내서 은밀하게 노리라고도 했다.

당연히 작업장의 감시는 엄중할 게 틀림없었다. 무사나 감시병 등의 경계도 있을 테지만 히데타다 장군은 젊고 활달해서 호위무사를 거느리고 공사장에도 자주 모습을 나타내곤 했다. 그때 총만 있다면 단박에 목적을 이룰 수 있을 것이었다. 소란한 틈을 타서 불을 지르고 니시노마루의 바깥 해자로 뛰어들면 그곳에서 기다리고 있던 같은 편이 도와줄 것이니 분명 도망칠 수 있을 것이라고도 했다. 멍하니 천장을 바라보며 다이조가 속삭이던 말을 머릿속으로 되뇌던 마타하치는 갑자기 소름이 끼친 듯 벌떡 일어섰다.

"그건 어림도 없는 일이다. 지금 당장 거절하자!"

마타하치는 뒤늦게 깨달았지만 다이조가 배 위에서 무서운 눈빛으로 한 말이 뇌리를 스쳤다.

'내 말을 들은 이상, 만약 자네가 싫다고 하면 미안한 일이지만, 내 동료가 사흘 안에 반드시 자네 목을 가지러 갈 것이네.'

니시구보西久保의 네거리에서 다카와高輪 가도 쪽으로 돌아가면 막다른 골목 너머로 어두운 바다가 보였다. 그 골목의 네거리, 마타하치는 늘 보던 전당포 창고의 벽을 옆으로 올려다보며 조심스레 뒷문을 두드렸다.

"열려 있소."

안에서 누군가 말했다.

"아저씨."

"마타하치인가? 잘 왔네. 창고로 가세."

다이조는 마타하치를 데리고 뒷문으로 들어가더니 복도를 따라 흙으로 만든 광으로 데려갔다.

"자, 앉게."

다이조는 촛대를 나무 상자 위에 놓더니 팔을 걸치며 말했다.

"운페이에게 갔었나?"

"예."

"그래, 뭐라고 하던가?"

"받아줬습니다."

"언제 성 안으로 들여보내 주겠다던가?"

"내일모레 새로 채용한 인부 열 명이 성으로 들어가는데 그때 데려가겠다고 했습니다."

"자넨 어떤가?"

"향리와 동네의 조직인 오가작통五家作統이 보증을 서 주기만 하면 된다고 합니다."

"그렇군. 하하하, 나도 올봄부터 향리의 권유로 오가작통에 들어갔는데 잘됐군. 세상은 돈만 있으면 나 같은 사람도 신심이 깊고 자비롭다며 내가 싫다고 해도 그런 직책까지 맡기는 걸세. 마타하치, 자네도 이번 기회에 한몫 단단히 잡아야지."

"예? 예."

마타하치는 갑자기 몸을 부르르 떨며 말을 더듬거렸다.

"하, 하겠습니다! 그, 그러니 착수금을 주십시오."

"알겠네."

다이조는 촛불을 들고 일어서서 창고 안쪽으로 머리를 넣더니 선반 위에 있는 문갑에서 황금 서른 장을 한 움큼 움켜쥐고 가져왔다.

"넣을 것은 가지고 왔나?"

"없습니다."

"여기에 넣고 복대에 단단히 차고 가게."

다이조가 옆에 있는 오색 무늬의 천을 던져 주자 마타하치는 세어 보지도 않고 그것을 둘둘 말아 묶었다.

"각서라도 쓰고 갈까요?"

"각서?"

다이조는 웃었다.

"자넨 참으로 순박하구만. 각서는 됐네. 허나 딴마음을 먹으면 자네의 목을 받으러 갈 걸세."

"그럼 그만 가겠습니다."

"잠깐, 잠깐. 선금을 받았으니 어제 바다 위에서 한 말을 잊지 말게."

"기억하고 있습니다."

"성 안의 니시노마루 뒷문 안, 그곳에 있는 커다란 회화나무 밑이네."

"총도 말입니까?"

"그렇네. 가까운 시일 내에 묻어 두지."

"누가 묻으러 갑니까?"

마타하치는 다소 놀란 듯 눈을 끔뻑거렸다. 운페이를 통해 향리와 오가작통의 보증을 받아 성 안으로 들어가는 것도 보통 일이 아닌데 어떻게 외부에서 철포와 총알 등속을 들여갈 수가 있을까. 그리고 약속대로 보름 후에 니시노마루 뒷문 안 회화나무 아래에 총을 묻어 두는 일은 귀신이 아닌 이상 도저히 불가능한 일인 듯싶었다. 마타하치가 이렇게 의문을 품고 빤히 바라보자 다이조가 말했다.

"그 일은 자네가 걱정하지 않아도 괜찮으니 자네는 자네의 할 일만 확실하게 하게."

다이조는 깊은 건 알 필요가 없다는 듯 말했다.

"막상 일을 맡았지만 자네도 겁이 날 테지. 허나 성 안에 들어가서 반달 동안 일을 하다 보면 그런 두려움도 없어질 것이네."

"저도 그러리라 생각하지만……."

"그런 후에 좋은 기회를 잡으면 되네."

"예."

"그리고 그럴 리야 없겠지만 방금 건넨 황금은 일이 끝나기 전까지는 사람의 눈에 띄지 않는 곳에 감춰 두고 손을 대서는 안 되네. 일을 그르치는 것은 항상 돈 때문이니 말일세."

"그것도 생각하고 있으니 걱정하지 않으셔도 됩니다. 그런데 일을 성사시킨 후에 나머지 황금을 안 준다거나 하는 일은 없겠지요?"

"허허허. 마타하치, 내 자랑 같지만 나라이의 창고에는 금 같은 것은 천 냥 상자로 저처럼 쌓여 있네. 눈요기를 겸해서 한번 보고 가게."

다이조는 촛불을 들고 먼지가 수북하게 쌓인 창고를 보여 주었는데 무슨 상자인지도 모를 상자들이 번잡하게 쌓여 있었다. 마타하치는 잘 보지도 않고 변명하듯 말했다.

"의심을 해서 드린 말씀은 아닙니다."

마타하치는 반 시간쯤 그곳에서 밀담을 나누다가 이윽고 다소 활기를 찾은 듯 창고에서 나와 집으로 돌아갔다. 마타하치가 돌아가자 다이조는 불이 켜져 있는 장지 안으로 얼굴을 들이밀더니 누군가를 불렀다.

"아케미, 마타하치는 저 길로 바로 황금을 묻으러 갈 테니 한번 뒤따라가 보거라."

목욕탕 문으로 누군가 나가는 발소리가 들렸다. 아침에 마타하치의 집에서 자취를 감춘 아케미였다. 이웃 사람을 만났을 때 시나가와의 친척집에 간다고 말한 것은 물론 그녀가 꾸며 낸 말이었다. 아케미가 저당 잡힐 물건을 들고 몇 번인가 이곳을 찾는 사이에 주인인 다이조는 그녀를 꾀어서 아케미의 처지와 심경까지 듣게 되었다.

본시 다이조와 아케미는 여기서 처음 만난 사이가 아니었다. 그녀가 나가야마中山 길을 통해 에도에 내려오는 기생의 무리와 함께 하치오지 여인숙에 묵을 때, 그녀는 조타로와 일행이라는 다이조를 보았고 다이조도 이 층에서 기생들 속에 있던 아케미를 본 것을 기억하고 있었다.

"여자 일손이 없어서 곤란해하고 있던 참인데."

다이조가 넌지시 운을 띄우자 아케미는 바로 이곳으로 도망쳐 온 것이었다. 다이조는 그날부터 아케미의 도움을 받았고 마타하치도 도움이 될 듯했다. 마타하치를 처리해 주겠다고 전부터 말하던 것이 지금 생각해 보면 오늘 이 일 같았다. 아무것도 모르는 마타하치는 아케미 앞에서 걸어가고 있었다. 그는 일단 집으로 돌아가서 괭이를 가지고 밤새도록 뒤편 수풀 근처를 돌아다니다 이윽고 니시구보의 산으로 올라가서 그곳에 황금을 묻었다.

그것을 끝까지 지켜본 아케미가 돌아와서 다이조에게 말하자 다이조는 곧 밖으로 나가더니 새벽녘에야 돌아왔다. 다이조는 파내 온 황금을 창고에서 세어 보았다. 그런데 서른 장이었던 황금이 아무리 세어 봐도 두 장이 부족해서 그는 계속 고개를 갸웃거리고 있었다.

사이가치
언덕

앞에는 큰 강이 유유히 흐르고 싸리나무와 참억새 너머로 가을벌레가 울고 있었다. 풍류를 모르지 않는 오스기의 가슴 한편에 수심이 차올랐다.

"계십니까?"

"누구요?"

"한가와라 쪽 사람입니다. 가쓰시카葛飾에서 채소가 많이 도착해서 할머니께도 나누어 드리라고 큰형님께서 말씀하셔서 한 짐 가지고 왔습니다."

"늘 이렇게 신경을 써 주니, 야지베 님에게 고맙다고 전해 주게."

"어디에 둘까요?"

"나중에 치울 수 있도록 우선 부엌 앞에 놓아 주게."

오스기는 작은 책상 옆에 등불을 밝히고 오늘밤에도 붓을 들고 있었다. 천 부를 베껴 쓰기로 마음먹었던 예의《부모은중경》의 행을 채워 나가고 있었던 것이다. 이곳 해변가에 집 한 채를 빌려 낮에는 병자에게 뜸을 떠 주면서 생업을 꾸려 나갔고, 밤에는 조용히 사경을 하며 혼자 지내는 한가로운 날에 익숙해지고부터는 한동안 지병도 도지지 않았고 가을이 되니 한층 젊어진 듯했다.

"저, 할머니."

"뭔가?"

"저녁 때, 젊은 남자가 찾아오지 않았나요?"

"뜸 손님 말인가?"

"그런 것 같진 않고 무슨 볼일이 있는 듯 다이구마치大工町에 와서 할머니의 옮긴 거처를 가르쳐 달라고 했는데요."

"몇 살쯤 된 남자인가?"

"글쎄, 스물일곱 여덟 정도인가."

"생김새는?"

"얼굴은 동그스름하고 키는 그리 크지 않았어요."

"흐음."

"그런 사람이 오지 않았나요?"

"오지 않았네만······."

"할머니와 사투리가 똑같아서 고향 사람이 아닌가 생각했는데. 그럼, 쉬세요."

심부름 온 사내는 그렇게 말하고 돌아갔다.

발자국 소리가 사라지자 그쳤던 벌레 소리가 빗소리처럼 집을 에워쌌다. 오스기는 붓을 놓고 등불을 물끄러미 바라보다가 문득 등화점燈火占을 떠올렸다. 전쟁으로 하루해가 저물던 젊은 시절, 오스기는 전쟁에 나간 남편이나 아들과 형제의 소식을 알 길이 없었다. 당장 내일 어떻게 될지 모르는 자신의 운명에 두려워하던 그 무렵의 사람들은 등화점을 쳐 보곤 했다. 밤마다 켜는 등불을 보고 그 등불의 무리가 화려한 모습으로 빛을 발하면 길조였고, 등불의 색깔이 보랏빛 그늘이 지면 누군가 죽은 징조이거나 등불이 솔잎처럼 갈라지면 기다리던 사람이 온다며 기뻐하거나 슬퍼했었다.

오래전 젊은 시절에 유행했던 일이어서 오스기는 점을 치는 방법조차 잊고 있었다. 그런데 오늘 밤 등불은 어쩐지 그녀에게 좋은 일이 있을 거라는 듯 살랑거리는 것처럼 보였다. 생각 탓인지 문득 등불이 무지개 색으로 비치는 듯 아름답게 느껴졌다.

"혹시 마타하치가 아닐까?"

그렇게 생각하자 더 이상 붓을 잡고 있을 수 없었다. 그녀는 한동안 모든 것을 잊고 마타하치의 얼굴을 그려 보며 아들 생각에 빠져 있었다. 그러다 뒷문에서 무슨 소리가 들리자 다시 현실로 돌아왔다. 또 극성스런 족제비가 들어와서 부엌을 어질러 놓고 있는 줄 알고 그녀는 등불을 들고 나갔다. 그런데 아까 사내가 놓고 간 짐 위에 편지 같은 것이 보였다. 별생각 없이 펼쳐 보니 황금 두 장이 싸여 있었고 종이에는 이렇게 적혀 있었다.

아직 만나 뵐 면목이 없습니다. 지난 반년간의 불효를 용서해 주시기를 바라며, 창가에서 이렇게 몰래 이별을 고하고 돌아섭니다.

마타하치

"하마다, 아니던가?"

살벌한 기운을 띄고 달려온 무사가 가쁜 숨을 몰아쉬며 말했다. 큰 강 끝에 서서 강가를 둘러보고 있던 두 명의 무사 중 하마다가 신음소리를 냈다.

"으음, 아니었네."

그는 다시 누군가를 찾는 것처럼 눈을 번뜩이며 사방을 두리번거렸다.

"분명 그놈처럼 보였는데."

"뱃사람이었네."

"쫓아갔더니 배 안으로 들어가 버렸네."

"하지만 혹시 모르지 않나?"

"조사해 봤는데 딴 사람이었네."

"이상하군."

세 사람은 이번에는 강가에서 하마마치浜町 벌판 쪽을 돌아보며 말했다.

"저녁 때, 다이구마치에서 얼핏 보고 분명 이 부근까지 뒤쫓아 왔는데, 잽싸게 도망쳤군."

"어디로 숨었을까?"

물결 소리가 귓가에 들려왔다. 세 사람은 가만히 그 자리에 서서 어둠 속을 향해 귀를 곤두세우고 있었다.

"마타하치, 마타하치!"

잠시 후, 들판 어디선가 똑같은 소리가 다시 들려왔다.

"마타하치야, 마타하치!"

처음에는 잘못 들은 것이 아닌가 하고 귀를 의심한 세 사람은 잠자코 있다가 서로 얼굴을 마주 보며 외쳤다.

"마타하치를 부르고 있는데."

"노파의 목소리다."

"마타하치라면 그놈이잖아?"

"맞아."

하마다라는 젊은 사내가 제일 먼저 뛰기 시작하자 두 사람도 뒤따라 달려갔다. 목소리가 나는 쪽을 향해 달려가자 노파가 보였다. 오스기는 그들의 발소리를 듣자 오히려 그들을 향해 소리쳤다.

"거기 마타하치는 없느냐?"

세 사람은 오스기의 두 손과 목덜미를 잡고 물었다.

"그 마타하치를 우리도 뒤쫓고 있는데 노파는 누구요?"

"무슨 짓이냐?"

오스기는 그들의 손을 뿌리치면서 소리쳤다.

"너희들이야말로 누구냐?"

"우린 오노小野가의 문하생이다. 나는 하마다 도라노스케浜田寅之助다."

"오노가 누구냐?"

"장군 히데타다 공의 사범, 오노파의 잇토류$-刀流$, 오노 지로우에몬 님을 모르느냐?"

"모른다."

"뭐라?"

"잠깐, 그보다 이 노파와 마타하치의 관계를 먼저 물어보게."

"나는 마타하치의 어미인데 그것이 어떻단 말이냐?"

"그러면 당신이 수박 장수 마타하치의 어머니인가?"

"무슨 헛소리를 하는 게냐. 타지에서 왔다고 무시해도 유분수지 수박 장수라니. 미마사카구니의 요시노고 다케야마 성의 성주, 신멘 무네쓰라$新免宗貫$를 섬기면서 백 관의 땅을 가진 혼이덴가의 아들이 마타하치이며 나는 그의 모친이다."

오스기의 말에 귀도 기울이지 않고 한 명이 말했다.

"귀찮군."

"어떻게 하지?"

"끌고 가자."

"인질로?"

"어미를 붙잡고 있으면 찾으러 올 것이다."

그 말을 들은 오스기는 뼈가 앙상한 몸을 버둥거리며 날뛰었다.

사사키 고지로는 불만이 가득 했다. 잠자는 버릇이 생겨선지 요즘에는 잠만 자고 있었다. 예의 달의 곳에 있는 집이었다. 잔다고 해도 자야 할 시간에 자는 것도 아니었다.

"모노호시자오도 우는구나."

고지로는 모노호시자오를 가슴에 품고 방바닥을 뒹굴면서 왕성한 기운을 주체하지 못하고 혼잣말을 중얼거리곤 했다.

"이 명검에, 이런 실력을 가진 대장부가 오백 석이 안 되는 녹조차 받지 못하고 언제까지 더부살이 신세로 지내서야."

고지로는 이렇게 중얼거리며 그가 품고 있던 모노호시자오를 빼 들고 허공을 벴다.

"빌어먹을!"

커다란 반원을 그린 빛줄기가 마치 살아 있는 것처럼 다시 칼집 속으로 들어갔다.

"멋진 솜씨입니다."

"이아이居合 연습을 하십니까?"

툇마루 끝에서 이와마 가의 하인들이 말했다.

"바보 같은 소리."

고지로는 몸을 돌리더니 방바닥 위에 떨어져 있는 벌레를 손톱으로 튕겨 마루 끝으로 날려 버렸다.

"요놈의 벌레가 등잔불에 들러붙어 시끄럽게 굴어서 베어 버린 것이다."

"아, 벌레를."

하인들은 벌레를 들여다보고는 깜짝 놀랐다. 모기를 닮은 벌레였다.

부드러운 날개와 배가 깨끗하게 잘려 두 동강이 나 있었다.

"잠자리를 깔러 왔느냐?"

"깜빡하고 있었습니다. 그런 게 아니라…….'

"뭔가?"

"다이구마치에서 심부름을 온 자가 편지를 놓고 돌아갔습니다."

"편지? 어디."

한가와라 야지베가 보낸 것이었다. 요즘에는 그곳에도 별 관심이 없었다. 조금 귀찮아진 것이다. 고지로는 벌렁 드러누운 채 편지를 펼쳤다. 그의 얼굴색이 잠시 변했다. 어젯밤부터 오스기의 행방이 묘연해졌다는 것이다. 그 때문에 오늘 하루 종일 집에 있던 사람들이 모두 나가 찾아서 간신히 소재를 알게 되었는데 자신들의 손이 미치지 않는 곳이어서 의논을 하고 싶다는 것이었다. 오스기의 소재를 알 수 있었던 것은 예의 돈지키 가게의 문 옆에 고지로가 써 놓은 문구를 누군가 지워 버리고 다음과 같이 새로운 글을 써 놓았기 때문이었다.

사사키 님에게 알립니다.

마타하치의 모친을 맡고 있는 자는 오노가의 하마다 도라노스케입니다.

야지베의 편지에는 그런 것까지 상세히 적혀 있었다. 고지로는 편지를 다 읽고 나서 천장을 쳐다보면서 중얼거렸다.

"왔구나."

오늘까지 오노가에서 움직이지 않았던 것이 어딘지 석연치 않던 차였다. 돈지키 가게 옆에 있는 공터에서 오노가의 문하인 듯한 낭인 두 명을 베었을 때, 뒷일을 위해 떳떳하게 가게 문에 자신의 이름을 써 놓고 온 이후로 기다리고 있던 참이었다. 고지로가 왔구나, 하고 뇌까린 것은 마침내 반응을 보였다는 만족감으로 새어 나온 말이었다. 고지로는 툇마루에 서서 밤하늘을 올려다보았다. 구름은 있지만 비가 내릴 것 같지는 않았다.

시간이 얼마 지나지 않아 고지로는 다카와 가도에서 삯말을 타고 어딘가로 가고 있었다. 말은 밤늦게 다이구마치의 한가와라 집에 닿았다. 고지로는 야지베에게 상세한 경위를 듣고 내일 계획을 세운 다음 그 집에서 묵었다.

미코가미 덴젠神子上典膳은 세키가하라 전투 후, 히데타다 장군의 진중에서 검법 강의를 한 인연으로 그의 밑으로 들어가게 되었고 에도의 간다 산神田山에 택지를 얻어 야규가와 어깨를 나란히 하는 사범 반열에 올랐다. 이에 그는 이름도 오노 지로우에몬 디다아키小野治郎右偉門忠明로 바꾸었다. 그것이 간다 산의 오노가였다. 간다 산에서는 후지 산도 잘 보였고 근년에는 이 부근으로 스루가駿河에 있는 사람들이 이주해 와서 근래에는 이 산의 일대를 스루가다이駿河臺라고도 부르기 시작했다.

"흐음, 사이가치皀莢 언덕이라고 듣고 왔는데."

고지로는 언덕을 다 올라서 멈춰 섰다. 오늘은 후지 산이 보이지 않

왔다. 절벽 끝에서 깊은 골짜기를 내려다보았다. 수목 사이를 흘러가는 곡천이 눈에 들어왔다. 오차노미즈御茶ノ水 강물이었다.

"선생님, 잠깐 찾아보고 올 테니 여기서 기다리십시오."

길 안내 차 따라온 한가와라 집의 젊은 사내가 혼자서 어디론가 달려가더니 잠시 후 돌아왔다.

"알았습니다."

"어딘가?"

"방금 올라온 고개의 중턱이었습니다."

"그곳에 저택이 있었던가?"

"장군 가의 사범이라고 해서 저는 야규 님과 같은 저택인 줄로만 알았는데, 아까 오른쪽으로 보이던 지저분하고 오래된 집의 토담이라고 합니다. 거긴 이전에 말을 봉행하던 부지라고 생각했는데……."

"그렇겠지. 야규는 일만 천오백 석, 오노가는 고작 삼백 석이니까."

"그렇게 차이가 나나요?"

"실력은 차이가 없지만 가문이 다르다. 그런 점에서 야규가는 선조가 절반 이상의 녹을 받는 것과 같은 것이다."

"여기입니다."

고지로는 사내가 가리키는 쪽을 보더니 걸음을 멈추었다.

"흠, 여기군."

고지로는 집의 외관을 잠시 바라보았다. 말을 봉행하던 시대의 낡은 토담이 언덕 중턱에서 뒷산 숲까지 뻗어 있었다. 담의 안쪽은 꽤 넓은 듯했는데 문짝이 없는 대문으로 들여다보니 안채 뒤편에 새로 증축한 도장 같은 나무색 건물이 보였다.

"그만 돌아가게."

고지로가 길 안내를 맡았던 사내에게 말했다.

"밤까지 할머니를 데리고 돌아가지 않거든 나도 송장이 된 줄 알라고 야지베에게 전하게."

"예."

사내는 뒤를 돌아보면서 사이가치 고개 아래로 뛰어 내려갔다. 야규가는 접근을 해도 소용이 없었다. 그를 이기고 그의 명성을 자신의 것으로 만들려고 해도 야규는 오도메류^{御止流}였다. 장군 가의 유파라는 구실로 떠돌이 낭인을 상대할 리가 없었다.

그에 반해 오노가는 녹을 받지 않는 사람이나 고수로 이름을 날리는 자라도 수시로 시합에 응한다고 들었다. 어차피 삼백 석 정도였다. 오노가는 야규의 다이묘 검법과 달리 살벌하고 실전적인 수련을 목표로 하고 있기 때문이기도 했다. 그러나 오노가에 가서 오노파 잇토류^{一刀流}를 유린했다는 자가 있다는 얘기를 들은 적은 없었다. 세상은 야규가를 존경하고 있었지만 사람들은 오노가가 강하다고 했다.

고지로는 에도에 와서 그 사실을 알게 된 후부터 이곳 사이가치 언덕의 오노가에 은밀히 눈독을 들이고 있었다.

'언젠가는.'

그 문이 지금 그의 눈앞에 있었다.

무적
잇토류

미카와三河 출신의 하마다 도라노스케는 대대로 도쿠가와 가문을 섬겨 왔기 때문에 비록 녹봉은 적었지만 에도에서는 누구나 알아주는 막사幕士 중 한 명이었다. 도장 옆에 딸린 '준비방'이라고 부르는 곳에서 창밖을 내다보고 있던 동문인 누마다 가주로沼田荷十郎가 깜짝 놀라며 도라노스케를 향해 외쳤다.

"왔네, 왔어."

그는 낮은 소리로 재빨리 그렇게 말하면서 도장 한가운데 있는 하마다에게 달려갔다.

"하마다, 온 것 같네. 온 것 같아!"

하마다는 대답이 없었다.

"준비됐느냐!"

마침 목검을 쥐고 후배 한 명을 지도하고 있던 중이었던 하마다는 등 뒤로 그 말을 듣고서 정면을 향해 마루를 울리며 공격해 들어갔다. 도장 북쪽 구석까지 그 기세로 달려간 순간, 상대는 엉덩방아를 찧었고 목검은 공중으로 튕겨져 나갔다. 도라노스케는 그제야 뒤를 돌아보며 물었다.

"누마다, 왔다는 건 사사키 고지로인가?"

"그래. 지금 문으로 들어 왔네. 곧 이리 나타날 거네."

"의외로 빨리 찾아왔군. 역시 인질이 효과가 있었군."

"어떻게 할 텐가?"

"뭘 말인가?"

"누가 나가서 어떻게 대할 건가 이 말이네. 혼자서 찾아올 만큼 대담한 놈이라 불시에 무슨 짓을 할지 모르니 철저히 대비하지 않으면 안되네."

"도장 가운데로 오게 해서 앉도록 하면 될 것이네. 인사는 내가 하지. 다른 사람들은 모두들 주위에 조용히 앉아 있게."

"이 정도 사람이 있으니……."

누마다는 도장 안에 있는 사람들을 둘러보았다. 가메이 효스케龜井兵助, 네고로 하치구로根來八九郎, 이토 마고베伊藤孫兵衛 등의 면면을 보자 마음이 든든했다. 그 밖에 채 스무 명이 되지 않는 동년배가 이곳에 있었다.

그들은 모두 경위를 잘 알고 있었다. 돈지키의 공터에서 죽은 무사 두 명 중 한 명은 하마다 도라노스케의 형에 해당하는 자였다. 그 도라노스케의 형이라는 자는 변변치 못한 인물이었던 듯 도장에서의 평판도 좋지 않았지만 오노가 사람들은 사사키 고지로를 가만히 내버려 둘 수 없을 만큼 분노로 들끓고 있었다. 특히 하마다 도라노스케는 오노 지로우에몬이 아끼는 문하생 중에서도 가메이, 네고로, 이토 등과 더불어 사이가치 언덕의 효장으로 손꼽히는 제자 중의 한 명이었다.

고지로가 돈지키의 장지에 불손한 글귀를 써 붙여서 사람들이 모두 보고 있는데 도라노스케가 그것을 그대로 내버려 두는 건 오노파 잇토류의 명예를 모욕하는 것이었다. 그래서 그들은 앞으로 사건이 어떻게 전개될지 주의 깊게 지켜보면서 뒤에서 도와주려 하고 있던 참이었다.

그런 와중에 어젯밤, 도라노스케와 가주로 등이 노파를 데리고 와서 경위를 말하자 동료와 후배 들은 손뼉을 치며 말했다.

"좋은 인질을 잡아 왔다. 고지로 쪽에서 찾아오게끔 한 것은 탁월한 병법이다. 고지로가 오면 실컷 두들겨 팬 후 코를 잘라서 간다 강에 있는 나무에 매달아 사람들에게 보이자."

그들은 오늘 아침에도 고지로가 올 것인가 말 것인가 하며 내기를 하듯 이야기를 하고 있었다. 가주로의 말에 의하면 대부분 오지 않을 것이라고 예상했던 사사키 고지로가 지금 문 안으로 들어온 것이었다.

"뭣, 왔다고?"

사람들의 얼굴이 하얗게 굳어졌다.

도라노스케를 비롯해서 그들은 넓은 도장 한쪽에서 침을 삼키고 고지로를 기다리고 있었다.

"어이, 가주로."

"왜?"

"문으로 들어서는 걸 확실히 보았나?"

"보았네."

"그럼 지금쯤 모습을 보일 때가 되지 않았나?"

"늦는군."

"너무 늦는군."

"흐음."

"혹시 사람을 잘못 본 건 아닌가?"

"그럴 리 없네."

　엄숙하게 마루에 앉아 있던 자들의 팽팽하던 긴장의 끈이 툭 하고 끊어질 무렵, 발소리가 대기실 창밖에서 멎었다. 그리고는 동문인 듯한 자의 얼굴이 불쑥 나타나더니 말했다.

"어이."

"왜 그러는가?"

"아무리 기다려도 사사키 고지로는 여기로 오지 않을 걸세."

"이상하군. 가주로가 방금 문 안으로 들어온 것을 봤다고 하는데."

"고지로는 안으로 가 버렸네. 어떻게 된 건지는 모르지만 안방에서 큰 스승님과 얘기를 하고 있네."

"뭐라, 큰 스승님과?"

그 말을 들은 하마다는 넋이 빠진 표정을 지었다.

형이 칼을 맞은 원인을 따지고 들면 변변치 못한 형의 행실이 자연스레 드러날 것이었다. 그래서 스승인 오노 지로우에몬에게는 적당히 잘 둘러서 이야기를 했었고, 어젯밤 하마마치 벌판에서 노파를 인질로 끌고 왔다는 사실도 고하지 않았었다.

"정말인가?"

"정말이네. 거짓말 같으면 뒷산 쪽으로 돌아가서 마당 너머로 큰 스승님의 서재 옆 객실을 들여다보게."

"큰일이군."

하마다는 탄식을 했지만 다른 자들은 오히려 잘됐다고 생각했다. 고지로가 직접 스승인 지로우에몬이 거처하는 안채로 갔다고 하더라도, 또 어떤 궤변을 늘어놓으며 스승을 농락하려고 마음먹고 있다 하더라도, 고지로의 잘못을 밝히고 당당히 대결을 해서 이쪽으로 끌고 오면 된다고 생각했다.

"뭐가 큰일인가. 우리들이 가서 상황을 보고 오겠네."

가메이 효스케와 네고로 하치구로가 도장 입구에서 신을 신고 나가려는 순간이었다. 안채 쪽에서 무슨 일이 일어난 듯 창백한 얼굴로 이쪽으로 달려오는 소녀가 있었다.

"오미쓰 님!"

두 사람이 그렇게 외치며 발길을 멈추자 도장 안에 있던 자들도 우르르 밖으로 몰려나왔다.

"여러분, 빨리 오세요. 백부님과 손님이 서로 칼을 빼 들고 밖으로 나가더니 정원 끝에서 싸우기 시작했어요."

오미쓰는 오노 지로우에몬 다다아키의 질녀였다. 잇토류의 비전을 물려받은 스승인 야고로 잇토사이의 첩의 자식을 다다아키가 거둬서 길렀다고 뒤에서 말하는 사람도 있었는데 정확하지는 않았다. 오미쓰는 살결이 희고 사랑스러운 소녀였는데 그런 오미쓰가 두려움에 떨며 말했다.

"백부님이 손님과 서로 언성을 높이는 듯하더니 정원에서 싸우고 계십니다. 백부님의 일이니 만일의 일은 없겠지만……."

가메이, 하마다, 네고로, 이토 등은 더 이상 듣지 않고 달려갔다. 도장과 안채는 떨어져 있어서 안채의 정원으로 가려면 울타리와 대나무로 얽어서 만든 중문을 지나야 했다. 한 울타리 안에 있으면서 건물은 이런 식으로 떨어져 있거나 울타리를 만든 것은 성곽 생활의 풍습 때문이었다. 조금 더 큰 무사의 집에는 부하들의 집까지 있었다.

"닫혀 있다."

"열리지 않나?"

사람들이 대나무 문짝을 밀어서 무너뜨리고 뒷산을 등지고 있는 약 사백 평 정도의 잔디 정원을 살펴보았다.

스승인 오노 지로우에몬 다다아키는 근래 손에 익은 유키히라行平의 칼을 뽑아 들고 눈보다 높은 위치에서 겨누고 있었고 그와 멀리 떨어진 곳에서는 사사키 고지로가 대검인 모노호시자오를 머리 위로 치켜든 채 눈에 불을 켠 듯 노려보고 있었다. 그 광경을 본 제자들은 일순 눈앞이 캄캄해졌다. 사백 평이나 되는 잔디 정원에 팽팽하게 흐르고 있는 살기는 선이라도 그은 것처럼 다른 사람의 접근을 허락하지 않았다.

"……."

당황해서 달려온 제자들은 그저 멀리서 지켜볼 수밖에 없었다.

칼을 겨눈 채 마주 선 두 사람 사이에는 옆에서 누군가 끼어드는 것을 절대로 허락하지 않을 만큼 삼엄했다. 검에 대해 전혀 모르는 사람이라면 돌을 던지거나 침이라도 뱉을지 모르지만 무사의 가문에서 태어나 어려서부터 수련을 해 온 자라면 이 순간 진검승부의 장엄함에 경도되어 모든 것을 잊고 그저 지켜볼 수밖에 없었다. 하지만 그것은 한순간의 망각에 지나지 않았다. 이내 정신을 차린 제자 중에서 두세 명이 고지로의 뒤쪽으로 달려가려고 했다.

"저놈을!"

"도와야 한다!"

다다아키가 호통을 쳤다.

"멈추거라!"

그의 목소리는 평소와 달리 서릿발같이 날카로웠다.

"아!"

그들은 멈칫 뒤로 물러나면서 그저 칼자루만 움켜쥐고 있을 수밖에 없었다. 그렇지만 조금이라도 다다아키가 패색의 기미를 보인다면 스승이 뭐라고 하던 사방에서 고지로를 둘러싼 후에 단숨에 베어 버릴 것처럼 노려보고 있었다.

지로우에몬 다다아키는 쉰 네다섯 정도였지만 아직 건장했다. 머리는 검었고 겉으로 보기에는 겨우 사십 대로밖에 보이지 않았다. 몸집은 작았지만 허리가 듬직했고 사지는 쭉 뻗어 있어서 작아 보이지 않을뿐더러 나이로 인한 퇴화를 전혀 느낄 수가 없었다. 고지로는 그를 향해 아직 단 한 번도 칼을 내려치지 않았다. 아니, 내려칠 수가 없었다. 그러나 다다아키도 고지로에게 검을 겨눈 순간, 만만치 않음을 느끼고 내심 긴장을 하며 생각했다.

'이건 흡사 젠기善鬼가 재림한 듯하구나! 젠기! 그렇다, 젠기 이래 이렇게 무서운 패기를 가진 검을 만난 적이 없다.'

젠기는 다다아키가 미코가미 덴젠이라는 이름을 가지고 있던 청년 시절, 이토 야고로 잇토사이를 따라 수행을 다닐 때 같은 스승을 모시던 무서운 사형師兄이었다. 젠기는 구와나桑名에 사는 뱃사람 아들로 학문을 배운 적이 없었지만 천성이 강인했다. 후에는 잇토사이까지 젠기의 검을 당해 낼 수가 없었다. 스승이 늙어가자 젠기는 스승을 무시하고 잇토류를 자신이 혼자 창안한 것처럼 떠벌리고 다녔다. 잇토사이는 젠기의 검이 향상될수록 세상에 해만 될 뿐 도움이 되지 않는 모습을 보고 한탄할 정도였다.

'내 생애의 잘못은 젠기다.'

또한 이렇게 술회한 적도 있었다.

'젠기를 보면 마치 그의 내부에 있는 모든 나쁜 것을 가지고 춤을 추고 있는 괴물처럼 보인다. 그래서 젠기를 보면 나 자신까지 혐오스러워진다.'

그러나 덴젠의 입장에서는 그런 젠기가 있었기 때문에 좋은 교훈과 자극을 받아 마침내 시모우사下總의 고가네가하라小金ヶ原에서 젠기와 대결하여 그를 베었다. 그리고 잇토사이로부터 잇토류의 비전을 물려받게 되었던 것이다.

지금 사사키 고지로를 보고 다다아키는 그 젠기를 떠올린 것이었다. 젠기에게는 강함은 있었으나 교양은 없었는데, 고지로에게는 시대를 꿰뚫어 보는 날카로운 안목도 있었고 무사로서의 교양도 지니고 있었으며 그것은 그의 검에서 혼연일체를 이루고 있었다.

다다아키는 고지로를 지그시 보다가 마음속으로 자신이 대적할 상대가 아님을 깨끗하게 인정했다. 그는 야규에 대해서도 결코 자신이 뒤진다는 생각을 하지 않았다. 지금도 다지마노가미 무네노리의 실력을 그리 높게 평가하지 않았는데 오늘 사사키 고지로라는 한 젊은이 앞에서 그는 솔직하게 자신이 늙었음을 깨달았다.

'나도 이젠 시대의 뒤편으로 사라질 때인가 보구나!'

누군가 선인先人을 뛰어넘긴 쉽지만 후인後人을 뛰어넘긴 어렵다고 했다. 다다아키는 그 말을 지금처럼 절실하게 느낀 적이 없었다. 야규와 어깨를 견주며 잇토류의 전성기를 구가하다 노년에 안주하고 있는 동안, 시대는 이런 기린아를 세상에 내놓았구나, 하며 놀라움을 금치 못하는 눈으로 고지로를 보고 있었던 것이다.

양쪽 모두 자세를 유지한 채 아무런 움직임도 보이지 않았다. 그러나 고지로와 다다아키의 내부에서는 극도의 힘을 소모하고 있었다. 그런 생리적인 변화는 귀밑머리를 따라 흘러내리는 땀과 코로 내쉬는 숨결, 그리고 창백한 얼굴색으로 분출되어 당장이라도 맞부딪칠 듯했지만 두 개의 검은 여전히 처음의 자세를 유지하고 있었다.

"졌다!"

다다아키는 그렇게 외치면서 펄쩍 뒤로 물러섰다. 그런데 그의 말이 '잠깐!'이라고 외친 것처럼 들렸는지도 몰랐다. 그 순간, 공중으로 비약한 고지로의 모노호시자오가 다다아키의 몸을 반으로 내리칠 것처럼 회오리바람을 일으켰다. 다다아키가 고지로의 검을 다급히 피했지만 그의 상투를 묶었던 끈이 툭 하고 끊어졌다. 그러나 다다아키가 어깨를 낮추며 쳐올린 칼끝도 고지로의 소맷자락을 다섯 치 정도를 잘라 버렸다.

"비겁하다!"

제자들의 얼굴이 분노로 불타올랐다. 다다아키가 방금 졌다, 라고 했기 때문에 두 사람의 대결은 싸움이 아니라 시합이었음이 명백했다. 그런데도 고지로는 오히려 그 틈을 노려 무자비하게 칼로 내리친 것이다. 고지로가 그런 부덕한 행동을 감행한 이상 제자들도 팔짱을 끼고 있을 수만은 없었다. 그들은 일제히 움직이기 시작했다.

"이얏!"

"네 이놈!"

모두가 자신을 향해 달려들자 고지로는 가마우지가 날아오르듯 몸의 위치를 바꾸더니 정원 한쪽에 있는 거대한 대추나무 그늘에 몸을 반쯤 숨기고 눈을 반짝이며 소리쳤다.

"똑똑히 보았느냐!"

고지로가 자신이 이겼다는 것을 확인시켜 주려는 듯 그렇게 소리치자 한쪽에 있던 다다아키가 대답했다.

"보았다."

그리고 제자들을 나무라듯 소리쳤다.

"물러서라!"

다다아키는 칼을 칼집에 집어넣고서 서재의 마루로 가서 걸터앉더니 산발이 된 머리를 쓸어 올리며 오미쓰를 불렀다.

"오미쓰, 상투를 묶어 다오."

오미쓰가 머리를 묶어 올리는 동안, 비로소 깊이 숨을 내쉬는 다다아키의 가슴은 땀으로 반짝이고 있었다.

"대충해도 된다."

그리고 어깨 너머로 오미쓰에게 말했다.

"저쪽에 있는 젊은 손님에게 씻을 물을 드리고 아까 그 자리로 모시거라."

"예."

하지만 다다아키는 객실로 가지 않고 신을 신은 후에 제자들의 얼굴을 둘러보면서 명령을 한 후에 먼저 걸음을 옮겼다.

"도장으로 모이거라."

　제자들은 연유를 알 수가 없었다. 우선, 스승인 다다아키가 고지로에게 졌다고 외친 것이 뜻밖이었다.

'그 한마디는 오늘까지 무적을 자랑하던 오노가 잇토류의 긍지에 먹칠을 한 것과 같다.'

　이렇게 생각하며 창백한 얼굴에 분루慣漏를 삼키며 다다아키의 얼굴을 노려보는 자도 있었다. 도장으로 모이라는 스승의 말을 들은 스무 명 정도가 긴장한 모습을 한 채 세 줄로 앉아 있었다. 다다아키는 한 단 높은 상좌에 조용히 앉아 그들의 얼굴을 한동안 바라보았다.

"이젠 나도 나이를 먹었다. 그리고 세상도 많이 변했다."

　이것이 다다아키의 입에서 나온 최초의 말이었다.

"지난날 내가 걸어온 길을 돌아보면, 스승이신 야고로 잇토사이 님을 섬기고 젠기를 쓰러뜨린 무렵이 내 검이 가장 빛나던 시절이었고, 이곳 에도에서 가문을 이루고 장군 가의 사범이 되어 세상에서 무적無敵 잇토류, 사이가치 언덕의 오노가라고 불리기 시작한 무렵에는 이미 나의 검은 내리막길을 걷기 시작할 때였다."

"……."

　제자들은 스승이 무슨 말을 하려는 것인지 아직 그 뜻을 헤아리지 못하고 있었다. 그래서 그들은 숙연히 앉아 있었지만 그들의 얼굴에는 불평과 의혹의 빛이 감돌고 있었다.

"생각해 보건데……."

다다아키는 갑자기 지금까지 내리깔고 있던 눈을 크게 뜨며 큰 소리로 말했다.

"이것은 인간의 순리이다. 안식을 바라는 초로初老의 징조이다. 지금도 시대는 변하고 있고 후배는 선배를 뛰어넘기 마련이며 젊은 다음 세대가 새로운 길을 개척해 나가는 것이다. 그것이 순리이다. 세상은 변하고 움직이며 발전해 간다는 말이다. 그러나 검법에서는 그것을 용납하지 않는다. 늙는 것도 용납되지 않는 게 검의 길이다."

"……."

"가령 이토 야고로 스승님은 지금 살아 계신지 어떤지 그 소식조차 모르지만 고가네가하라에서 내가 젠기를 베었을 때, 그 자리에서 잇토류의 인수印綬를 내게 내리시고 그 길로 산으로 들어가 버리셨다. 그 후로도 스승님은 검과 선禪과 생사의 길을 찾아 큰 깨달음의 봉우리에 오르고자 하셨다. 그에 비해 이 지로우에몬 다다아키는 이리도 빨리 늙기 시작하여 오늘과 같은 패배를 당하니 스승인 야고로 님을 무슨 면목으로 뵐 수 있겠느냐. 오늘까지 나의 생활을 되돌아보면 참으로 한심하기만 하구나."

그때, 더 이상 참고 있을 수 없었는지 가주로가 말했다.

"스, 스승님, 패하셨다고 하시지만 저희들은 스승님이 그와 같이 젊은 자에게 패할 분이 아니라는 것을 잘 알고 있습니다. 오늘 일은 뭔가 사정이라도 있었던 것은 아닙니까?"

"사정?"

다다아키는 일소에 부치며 고개를 저었다.

"진검 승부에 있어 어찌 털끝만치라도 사사로운 정이 있을 수 있겠느냐? 젊은 자라고 했는데 나는 그가 젊은 사람이어서 졌다고 생각하지 않는다. 변해가는 시대에 졌다고 생각한다."

"하지만……."

"기다리거라."

다다아키는 조용히 가주로의 말을 가로막으며 다른 제자들을 둘러보면서 말했다.

"빨리 이야기를 끝맺도록 하자. 저쪽에서 사사키 님이 기다리고 있다. 하여 너희들에게 다시 한 번 내 뜻과 바람을 이야기하겠다."

다다아키는 제자들에게 오늘부로 도장에서 물러날 것이며 세상으로부터도 몸을 감출 것이라고 말했다.

"이것은 은거가 아니다. 산으로 들어가서 야고로 잇토사이 스승님께서 걸어가신 길을 좇아 늦으나마 큰 깨달음을 얻고 싶다. 이것이 나의 바람이다."

그리고 그는 자신의 조카에 해당하는 이토 마고베에게 자신의 외아들인 다타나리^{忠也}의 후사를 부탁한다고 말했다. 또 막부에게 그런 자신의 취지를 청원하여 주기를 부탁하고는 마지막으로 이렇게 명을 내렸다.

"나는 후학인 사사키 님에게 진 것을 분하게 생각지 않는다. 그러나 그와 같은 신진이 외부에서 나왔음에도 아직 우리 오노 도장에서는 그런 인재가 한 명도 나오지 않은 것을 참으로 부끄럽게 생각한다. 그것은 내 문하에 대대로 주군을 섬기는 막사牧士가 많아 자만하고 수행은 게을리 하면서도 무적 잇토류라고 허세를 부렸기 때문일 것이다."

그때 가메이 효스케가 떨리는 목소리로 말했다.

"스승님, 말씀 중에 외람되오나 저희들은 결코 그처럼 교만하고 게을리 허송세월하며 지내고 있지 않습니다."

"시끄럽다."

다다아키는 효스케를 노려보면서 소리쳤다.

"제자의 태만은 스승의 태만이다. 나는 나 자신에 대해 참회하면서 스스로 죗값을 치르려고 하는 것이다. 너희들 모두가 교만하고 태만하다고 말하는 것이 아니다. 그러나 이 중에는 그러한 자도 있을 것이다. 오노 도장은 그런 악풍을 일소하여 바르고 젊은 시대의 씨앗이 되어야만 한다. 그렇지 않으면 개혁을 위해 내가 물러나는 것도 아무런 의미가 없을 것이다."

제자들은 그의 진의를 그제야 깨달은 듯 모두 머리를 숙이고 스승의 말을 곱씹으며 반성했다. 이윽고 다다아키가 하마다의 이름을 불렀다.

"하다마!"

"옛."

하마다가 자신의 얼굴을 바라보자 다다아키는 그를 노려보았다.

"일어서라!"

"예."

"일어서란 말이다."

"예……."

"도라노스케, 일어서지 못하겠느냐!"

다다아키의 목소리가 한층 거칠어졌다. 세 줄로 앉아 있는 제자들 속에서 도라노스케가 일어섰다. 그의 동료와 후배 들은 스승의 심중을 헤아릴 수가 없어서 조용히 있었다.

"도라노스케, 오늘부로 너를 파문한다. 장차 마음을 고쳐먹고 수행에 정진하여 병법의 취지를 깨닫는다면 다시 사제로 만날 날이 있을 것이다. 가거라."

"스, 스승님. 이유를 말씀해 주십시오. 저를 파문하시는 이유를 모르겠습니다."

"병법의 길을 잘못 알고 있으니 이유 역시 알 수가 없을 것이다. 후일, 가슴에 손을 대고 깊이 생각해 보면 알 수 있을 것이다."

"말씀해 주십시오! 말씀해 주지 않으면 저는 이 자리를 떠날 수 없습니다."

도라노스케는 얼굴에 굵은 핏줄을 세우며 외쳤다.

"그렇다면 말해 주마."

다다아키는 어쩔 수 없이 도라노스케를 파문하는 이유를 모두에게 설명했다.

"무사에게 있어 가장 경멸해야 할 행동은 비겁함이다. 또 병법에 있어서도 극히 경계하는 것이기도 하다. 비겁한 행동을 할 때는 파문에 처하는 것이 이 도장의 철칙이었다. 그런데 하마다 도라노스케는 형이 죽었는데도 허투루 날을 보냈고, 게다가 그 장본인인 사사카 고지로에게 설욕을 하려고 하지도 않았거니와 오히려 마타하치라고 하는 수박 장수를 원수로 여겨 그의 노모를 인질로 끌고 와 이 도장 안에 잡아 두었다. 이를 어찌 무사의 행동이라 할 수 있을 것인가."

"아닙니다. 그것은 고지로를 이리로 유인하기 위한 것이었습니다."

도라노스케가 변명했다.

"바로 그것이 비겁하다는 것이다. 고지로를 치고자 마음먹었다면 왜 직접 사사키 님의 거처에 가든가 결투장을 보내 당당하게 승부를 하지 않았느냐?"

"그, 그것을 생각하지 않은 것은 아닙니다만."

"생각했다? 그런데 어찌 실행에 옮기지 않았느냐? 무리의 힘을 믿고 사사키 님을 이곳으로 유인하여 치려 한 비열한 행동을 방금 네가 자백을 한 것이 아니냐. 그런 너의 행동에 비하면 사사키 고지로 님의 태도는 참으로 훌륭하다 할 수 있다."

"……."

"그는 단신으로 나를 찾아와 비열한 제자는 상대를 할 수 없으며 제자의 과오는 스승의 과오라며 시합을 걸어 왔다."

제자들은 그제야 사건의 경위를 이해하는 듯했다. 다다아키는 말을

이었다.

"그런데 그 진검승부의 결과로 인해 지금껏 나의 잘못이 드러나고 말았다. 나는 그런 나의 잘못에 대해 진심에서 졌다고 한 것이다."

"……."

"도라노스케, 그래도 너는 자신을 반성하지 못하고 부끄럼이 없는 병법자라고 생각하느냐?"

"송구스럽습니다."

"가거라!"

"떠나겠습니다."

도라노스케는 머리를 숙인 채 열 걸음 정도 물러간 후에 양손을 바닥에 대고 꿇어앉았다.

"스승님, 부디 건강하십시오."

"흐음……."

"여러분도……."

그는 풀이 죽은 목소리로 작별을 고하고 쓸쓸히 떠났다.

"나도 떠나야겠다."

다다아키도 자리에서 일어섰다. 제자들 가운데서 흐느끼는 소리가 들렸다. 다다아키는 숙연히 머리를 숙이고 있는 제자들을 바라보며 말했다.

"모두 분발하도록 해라."

그리고 스승으로서 마지막 당부의 말을 고했다.

"무얼 그리 슬퍼하느냐. 너희들은 이 도장에 너희들의 시대를 맞이하지 않으면 안 된다. 내일부터는 겸손한 마음으로 한층 정진하도록 하여라."

이윽고 도장에서 거처로 돌아온 다다아키는 객실에 모습을 드러냈다.

"실례했습니다."

다다아키는 기다리고 있던 고지로에게 사과를 하며 조용히 앉았는데 얼굴에서는 아무런 동요도 읽을 수 없었고 평상시와 다름이 없었다. 다다아키가 입을 열었다.

"문하인 하마다 도라노스케는 파문을 했으며 향후에 마음을 고쳐먹고 수행할 수 있도록 잘 훈계를 하였습니다. 그리고 도라노스케가 인질로 잡아 두었던 노파도 당연히 돌려보내드려야 할 터인데 직접 데려가실지 아니면 저희 쪽에서 보내 드려야 할지……."

"제가 직접 모셔 가겠습니다."

고지로는 그렇게 말하고 자리에서 일어서려고 했다.

"그렇게 하시지요. 그럼 이젠 모든 일은 잊고 술이나 한잔하시지요. 오미쓰, 미쓰!"

그는 손뼉을 치며 조카를 불렀다.

"술상을 내오너라."

고지로는 조금 전의 대결에서 정신을 전부 소진해 버린 것 같았다. 그 후, 혼자서 우두커니 이곳에서 그를 기다리던 시간도 너무 길었던 탓에 그냥 돌아가고 싶었지만 약해 보이는 것이 싫어 자리에 앉으며 말했다.

"그럼 한잔하도록 하겠습니다."

고지로는 다다아키를 무시하고 있었지만 겉으로는 자신도 오늘까지 꽤 달인들을 만났지만 아직 그와 같은 검을 접해 본 일이 없으며, 과연 잇토류의 오노는 명성만큼 대단하다고 칭찬하며 은근히 자신의 우월함을 과시했다.

고지로는 젊고 강하고 패기만만했다. 다다아키는 술로도 고지로를 대적하지 못할 것이라는 것을 몸으로 느끼고 있었다. 하지만 어른의 눈으로 보면 대적할 수 없다고 생각하면서도 그 강함과 젊음이 지나치게 위험하다고 여겨졌다.

'소질을 잘 갈고닦으면 천하의 바람은 이자에게 불 것이다. 허나 잘못하면 젠기가 될 우려도 있다.'

다다아키는 고지로가 자신의 제자였다면 좋았을 텐데 애석해하며 충고의 말이 목까지 차올랐지만 끝내 아무 말도 하지 않았다. 그는 고지로의 말에는 무엇이든 겸손하게 웃으며 대답했다. 이야기 중에 무사시에 대한 소문도 나왔다. 다다아키는 근래 호조 아와노가미나와 다쿠안의 추천으로 미야모토 무사시라는 무명의 검사가 사범의 자리에 발탁될지 모른다는 소문을 이야기했다.

"흐음?"

고지로는 그렇게 말하고 속이 편치 않은 기색을 지었다. 저녁놀을 바라보던 고지로가 이윽고 다다아키에게 그만 돌아가야겠다고 말하자 다다아키가 오미쓰에게 일렀다.

"노인분의 손을 잡고 언덕 아래까지 모셔다 드리거라."

그로부터 얼마 지나지 않은 어느 날, 야규처럼 정객과 교류도 없고 소박한 기질을 가진 무사로 알려진 오노 지로우에몬 다다아키의 모습은 에도에서 더 이상 볼 수 없었다.

"장군 가에도 자유로이 드나들 수 있는 몸이었는데."

"마음만 먹었다면 얼마든지 출세할 수 있었을 텐데."

그가 세상에서 모습을 감춘 것을 의아해하던 사람들은 결국에는 그가 사사키 고지로에게 졌다는 것을 과대포장해서 퍼뜨렸다.

"오노 지로우에몬 다다아키가 미쳤다."

물애

어젯밤의 바람은 무서웠다. 이백십 일, 이백이십 일, 무사시조차 그렇게 심한 폭풍우는 난생 처음 보았다고 말했다. 이런 자연의 무서움에 대처하는 법을 잘 알고 있는 이오리는 어젯밤 폭풍우가 몰아치기 전에 지붕에 올라가서 대나무 못을 단단히 묶어놓고 돌을 올려놓았지만, 그 지붕도 간밤에 어디론가 날아가서 아침에 찾아봤을 땐 행방조차 알 수 없었다.

"이젠 책도 읽을 수 없게 됐군."

절벽과 수풀은 물론이고 물에 젖어 여기저기 흩어져 있는 서책의 잔해를 바라보며 이오리는 안타까운 듯 중얼거렸다.

그러나 피해는 책뿐만이 아니었다. 그와 무사시가 살고 있는 집조차 형체도 없이 무너져서 어떻게 손을 쓸 여지가 없었다. 게다가 무사시는 불을 피우라고 말하고는 나간 채 아직 돌아오지도 않았다.

"홍수가 난 논이나 보러 가다니 천하태평이시라니까."

이오리는 불을 피우기 시작했다. 장작은 부서진 집의 마루나 판자벽이었다.

'오늘 밤 잘 집이 없다.'

그렇게 생각하자 연기가 눈에 스며드는 듯했다. 불을 지폈다. 무사시는 여전히 돌아오지 않았다. 얼핏 보니 근처에 아직 여물지 않은 밤과 폭풍우를 맞아 죽어 있는 작은 새 따위가 눈에 띄었다. 이오리는 그것들을 불에 구워 아침을 먹었다.

무사시는 오후 무렵에 돌아왔는데 그로부터 반 시각 정도 후에 도롱이와 삿갓을 쓴 마을 사람들이 올라왔다. 그들은 무사시에게 덕분에 물이 빨리 빠졌다느니 병자들이 고마워하고 있다느니 하며 각자 인사를 했다. 마을 사람들은 항상 자신들이 입은 피해의 뒤처리에만 신경을 썼는데 이번에는 말씀하신대로 일치단결해서 밭과 집을 가르지 않고 힘을 합쳤더니 의외로 피해를 빨리 복구할 수 있었다며 늙은 농부가 되풀이해서 고맙다는 인사를 했다.

"흠, 그것 때문에 가신 거구나."

이오리는 스승을 위해서 죽은 새의 털을 뽑아 구워 두었었다. 그런데 마을 사람들이 먹을 것을 한 아름이나 가지고 온 것을 보니 이오리가 좋아하는 떡도 있었다.

"음식은 저희에게도 얼마든지 있습니다."

죽은 새 구이는 맛이 없었다. 이오리는 자기만 생각하고 허겁지겁 그런 것으로 배를 채운 것을 후회했다. 자신을 버리고 사람들을 생각하면 음식은 저절로 누군가가 채워 준다는 사실을 깨달았다.

"이번에는 집이 무너지지 않도록 저희들이 지어 드릴 테니 오늘 밤은 저희 마을에 오셔서 주무십시오."

나이가 지긋한 농부가 그렇게 말했다. 노인의 집은 이 부근에서 가장 오래된 집이었는데 무사시와 이오리는 어젯밤에 비에 흠뻑 젖었던 옷가지를 말리며 노인의 집에서 잤다.

"응?"

이오리는 곁에서 자고 있는 무사시에게 돌아누우며 작은 소리로 말했다.

"스승님!"

"으응?"

"멀리서 가구라神樂[7] 소리가 들리는데요."

"그런 것 같기도 하구나."

"이상한데? 이런 큰 폭풍우가 지난 후에 가구라 소리가 들리다니."

"……."

무사시가 대답이 없자 이오리도 어느새 잠이 들고 말았다. 그리고 어느새 아침이 왔다.

"스승님, 지치부秩父의 미쓰미네三峯 신사가 여기서 그리 멀지 않다지요?"

---

7 신사에서 신을 모시기 위해 행하는 가무를 지칭한다.

"그리 멀지 않을 게다."

"참배하러 저도 데려가 주세요."

무슨 생각인지 오늘 아침에 갑자기 이오리가 그렇게 말했다. 이유를 물어보자 이오리는 어젯밤 가구라 소리가 마음에 걸려 아침에 일어나자마자 이 집 노인에게 물어봤더니 여기서 가까운 아사가타니 촌阿佐ヶ谷村에 먼 옛날부터 '아사가타니 가구라'라고 해서 가구라를 연주하는 장인의 집이 있다고 했다. 그래서 매달 미쓰미네 신사의 제사를 지내기 전에 그는 미리 집에서 연주를 하고 지치부로 나가는데 그 소리가 들린 것이라고 했다는 것이다.

이오리는 웅장한 음악과 무용이라면 가구라밖에 몰랐다. 더욱이 미쓰미네 신사는 일본 삼대 가구라 중 하나라고 불릴 만큼 오래된 것이라는 말을 들었기 때문에 뜬금없이 지치부에 가고 싶어진 것이었다.

"스승님, 네?"

이오리는 막무가내로 보챘다.

"어차피 초막은 오륙 일 안엔 지을 수 없잖아요."

무사시는 어리광을 부리며 보채는 이오리를 보자 문득 헤어진 조타로 생각이 났다. 조타로를 데리고 있을 때 그가 곧잘 투정이나 어리광을 부리고 제멋대로 행동할 때가 있어서 애를 먹기도 했다. 하지만 이오리는 그런 일이 거의 없었다. 어떤 때는 무사시가 서먹함을 느낄 만큼 이오리에게는 아이다운 면이 없었다. 조타로와는 자란 환경이나 성격이 다른 탓도 있겠지만 그것은 무사시의 훈육 때문이었다. 무사시는 이오리에게는 제자와 스승의 구분을 엄격하게 했다. 그냥 내버려 두었던 조타로의 경험을 돌아보고 이오리에게는 의식적으로 엄한 스승이고자 했던 것이다. 그런 이오리가 드물게 어리광을 부리자 무사시는 건성으로 대답을 하고 잠시 생각을 하다가 말했다.

"좋다. 데리고 가마."

이오리는 펄쩍펄쩍 뛰며 좋아했다.

"날씨도 정말 좋아요."

이오리는 엊그제의 밤하늘을 보며 원망을 하던 일도 잊어버리고 노인에게 말해서 도시락과 짚신을 얻어 와서 무사시를 재촉했다.

"자, 어서 가요."

노인은 돌아올 때까지는 초막을 지어 놓겠다며 그들을 배웅했다.

태풍이 지나간 후의 물웅덩이가 아직 곳곳에 작은 호수를 이루고 있었지만 그저께의 폭풍이 거짓말처럼, 때까치는 하늘 낮게 날아다녔고 하늘은 청아하고 맑게 개어 있었다. 미쓰미네 제사는 사흘 동안 계속되기 때문에 이오리로서는 그리 급해할 것도 없었다. 그날은 다나시田無의 구사草 여인숙에서 일찍 잤고 다음 날에도 여전히 무사시노의 들판 길 위에 있었다.

이루마入間 강의 물이 세 배나 불어 있었다. 평소의 흙다리는 강물 속에 잠겨 아무 쓸모가 없었다. 부근 사람들은 논에서 벼 따위를 나를 때 쓰는 바닥이 얕은 배를 이용하거나 양쪽 기슭에 말뚝을 박아서 임시 다리를 만들고 있었다. 그것을 기다리고 있던 이오리가 놀란 듯 말했다.

"어, 화살촉이 엄청 떨어져 있네. 투구 장식도 있고. 스승님, 분명 이 근처는 싸움터였나 봐요."

홍수에 씻겨 내려간 모래사장을 파던 이오리는 녹슬고 부러진 칼과 뭔지 알 수 없는 오래된 쇠붙이를 주워들어서 흥미롭게 살펴보다가 손을 털며 소리쳤다.

"앗, 사람 뼈다!"

무사시가 그것을 보고 말했다.

"이오리, 그 백골을 이리 가져오너라."

자신도 모르고 손을 댔지만 이오리는 만지고 싶지 않다는 표정으로 말했다.

"스승님, 뭐 하시려고요?"

"사람들이 밟지 않도록 다른 곳에 묻어 주려는 게다."

"뼈가 한두 개가 아닌데요?"

"다리가 완성될 때까지 마침 좋은 일거리가 생겼구나. 백골을 다 주워 모아라."

무사시는 강가 뒤편을 둘러보며 말했다.

"저쪽 용담꽃이 피어 있는 부근에 묻거라."

"괭이가 없는데요?"

"그 부러진 칼로 파거라."

"예."

이오리는 먼저 구덩이를 파고 주워 온 화살촉과 고철도 백골과 함께 모두 묻었다.

"이제 됐나요?"

"음, 그 위에 돌을 올려놓아라. 그래, 그걸로 됐다."

"스승님, 이 부근에서 언제 전쟁이 있었나요?"

"책에서 읽었을 텐데 잊었느냐?"

"잊어버렸어요."

《다이헤이기太平記》를 보면 겐코元弘 삼년과 쇼헤이正平 칠년, 모두 두 차례의 전쟁이 있었다. 니타 요시사다新田義貞, 요시무네義宗, 요시아키義興 등의 일족과 아시카가 다카우지足利尊氏의 대군이 혈전을 벌인 고데사 시가하라小手指ヶ原가 바로 이 부근이다."

"아, 고데사시가하라의 싸움이 벌어졌던 곳이구나. 그 얘긴 스승님 께 몇 번 들어서 알고 있어요."

"그럼……."

무사시는 평소 이오리가 어느 정도 공부를 했는지 시험하듯 물었다.

"그 무렵, 무네나가宗良 친왕이 오랫동안 아즈마東에 머물면서 오로지 무사의 길에 매진하였는데 뜻밖에 정동征東 장군의 선지宣旨를 받아들 였을 때 부른 노래를 기억하느냐?"

"기억하고 있습니다."

이오리는 그렇게 말하고 푸른 하늘가에 한 마리 새가 날아가는 모습 을 올려다보며 노래를 외웠다.

예전엔 손에 잡지도 않았던 가래나무 활이, 이 몸에 이리 익숙해지리
라고는 생각지도 못했구나.

무사시가 빙긋 웃으며 물었다.

"맞았다. 그럼 '같은 무렵 무사시노구니武蔵国[6]를 넘어 고데사시가하
라라는 곳에'라고 하는 장에 나오는 무네나가 친왕의 노래는?"

"……?"

"잊어버렸구나?"

"잠깐만요, 잠깐만."

"이오리는 고개를 저으며 생각이 난 듯 이번에는 저 마음대로 가락
을 붙여서 외기 시작했다.

주군을 위해 세상을 위해 무엇이 아까우리. 버릴 가치가 있는 목숨이
있다면.

"맞죠? 스승님?"

"뜻은?"

"알고 있어요."

"어떻게 알고 있느냐?"

"이 노래의 뜻을 모르면 무사나 이 나라 사람이 아닐걸요."

"흐음, 이오리. 그런데 너는 어찌 백골을 든 그 손이 사뭇 더러운 듯

아까부터 꺼려하고 있느냐?"

"해골이잖아요. 스승님도 기분이 좋진 않으시잖아요."

"이 옛 전쟁터의 백골은 모두 무네나가 친왕의 노래를 듣고 감읍해서 친왕의 노래대로 분전하다가 죽어 간 사람들이다. 그런 무사들의 백골이, 눈에는 보이지 않지만 지금도 여전히 초석이 되어 이 나라가 이렇듯 평화롭게 몇천 년의 태평성대를 구가하고 있는 것이 아니겠느냐?"

"아, 그렇군요."

"이따금 전란이 있었지만, 그것은 엊그제의 폭풍우와 같은 것으로 나라의 땅 그 자체에는 아무런 변화도 없는 것이다. 그것은 지금 살고 있는 사람들의 힘도 크지만, 땅속에 묻힌 백골들의 은혜도 잊어서는 안 될 것이다."

이오리는 무사시의 말에 몇 번이고 머리를 끄덕였다.

"알겠습니다. 그러면 지금 묻은 백골에 꽃이라도 올리고 절을 하고 갈까요?"

무사시가 웃으며 말했다.

"절까지 안 해도 된다. 지금 말한 것을 마음속에 새겨 둔다면야."

"하지만……."

이오리는 아무래도 마음이 편치 않은 듯 가을 들꽃을 꺾어 와서 돌

---

6 오늘날의 도쿄 도와 사이타마 현埼玉県 및 가나가와 현神奈川県, 가와사키 시川崎市, 요코하마 시横浜市에 걸친 지역을 다스렸던 옛 나라의 이름.

앞에 놓고 합장을 하다가 문득 뒤를 돌아보며 주저하듯 물었다.

"스승님, 이 땅속의 백골이 정말 스승님이 방금 말씀하신대로 충신이라면 좋겠지만, 만약 아시카가 타가우지 편의 군사라면 어떡하죠? 이렇게 손을 모으고 절하는 게 왠지 께름칙해요."

무사시도 대답이 궁해졌다. 이오리는 무사시가 명쾌하게 대답해 주기 전에는 절대 합장은 하지 않겠다는 듯 무사시의 얼굴을 바라보면서 대답을 기다렸다. 문득 어디선가 귀뚜라미 소리가 귓가에 들려왔다. 하늘을 쳐다보니 아련한 낮달이 눈에 들어왔다. 그러나 무사시는 이오리에게 해 줄 말이 좀처럼 떠오르지 않았다. 얼마 후 무사시가 말했다.

"불도에서는 십악오역十惡五逆의 무리도 구제하는 길이 있다. 즉심즉보리即心即菩提, 보리에 눈을 뜨면 악역惡逆의 무리라도 부처님은 이를 용서하신다. 하물며 이미 백골이 된 되어 버린 바에는."

"그럼 충신이고 역적이고 죽으면 똑같군요."

"다르다."

무사시는 그 구분을 명확하게 했다.

"그렇게 섣불리 생각하면 안 된다. 무사는 명예를 중히 여긴다. 이름을 더럽힌 무사는 영원히 구제가 없다."

"그런데 왜 부처님은 악인이나 충신이나 모두 똑같다고 하시는 거죠?"

"인간의 본성은 본래 똑같은 것이다. 하지만 명리나 욕망에 눈이 어두워 역도가 되고 난적이 되기도 한다. 부처님은 그러한 것을 미워하지 않고 즉심즉불卽心卽佛을 권하며 보리의 눈을 뜨게 하려고 천만의 경을 통해 설파하시지만, 그 모든 것은 살아 있을 때의 일이고 죽으면 구제의 손길이 사라져 버린다. 죽으면 모든 것은 공空이 되고 만다."

"흐음, 그렇군."

이오리는 알았다는 듯 갑자기 큰 소리로 말했다.

"하지만 무사는 안 그렇죠? 죽어도 공空이 되지 않죠?"

"어째서?"

"이름이 남잖아요!"

"흐음!"

"나쁜 이름을 남기면 나쁜 이름이, 좋은 이름을 남기면 좋은 이름이."

"으음."

"백골이 되더라도."

"그러나."

무사시는 이오리의 순수한 지적 욕구가 한꺼번에 모든 것을 받아들일 것을 걱정하며 덧붙였다.

"하지만 말이다. 무사에게는 순수하고 무상한 마음인 '물애物哀'라는 것이 있다. 그 '순수하고 무상한 마음'을 모르는 무사는 달도 꽃도 없는 황야와 같은 것이다. 그저 강하기만 해서는 그제 밤의 폭풍우와 똑같다. 밤낮 구분 없이 오직 검만을 생각하며 그 길에만 몰두하는 무사에겐 물애物哀, 자비심이 없어서는 안 된다."

이오리는 아무 말도 하지 않고 듣고 있다가 땅 속에 묻은 백골에게 꽃을 올리더니 손을 합장을 하였다.

이도류

       지치부의 기슭에서 개미의 행렬처럼 끊임없이 산길을 올라가는 사람들의 작은 그림자는 산을 둘러싼 짙은 구름 속으로 사라졌다가 산 정상의 미쓰미네 신사에서 다시 모습을 드러냈다. 거기서 하늘을 올려다보면 하늘에는 한 점의 구름도 보이지 않았다.

  이곳은 반도坂東의 네 나라에 걸쳐 있는 구모도리雲取, 시라이시白石, 묘호가타케妙法ヶ岳의 세 산으로 통하는 하늘 위 마을이었다. 신사의 문전 마을은 신사와 불각의 당탑堂塔과 행랑채가 이어지다 별당과 신관의 집, 특산물 가게, 참배 주막들로 이루어져 있었는데, 신사에 딸린 땅에 사는 농부의 집 칠십 여 호가 여기저기 산재해 있었다.

  "큰북 소리가 난다."

  어젯밤부터 무사시와 같이 별당의 관음원觀音院에 묵고 있던 이오리는 먹고 있던 팥밥과 젓가락을 급히 내려놓으며 말했다.

"스승님, 벌써 시작했어요."

"가구라가?"

"보러 가요."

"나는 어제 보았으니 너 혼자 갔다 오너라."

"하지만 어젯밤에는 두 곡밖에 하지 않았잖아요."

"그리 서두르지 않아도 된다. 오늘은 밤새 한다고 하니 말이다."

무사시의 나무 밥공기에는 아직 팥밥이 남아 있었는데 이오리는 그 것을 다 먹으면 갈 것이라고 믿고서 순순히 말했다.

"오늘 밤에도 별이 떴어요."

"그러냐?"

"어제부터 이 산 위로 수천 명이 넘는 사람들이 올라왔는데 비가 오면 어쩌죠?"

무사시는 측은한 생각이 들었는지 이오리에게 말했다.

"그럼 가 볼까."

"예, 어서 가요."

이오리는 벌떡 일어서서 먼저 현관으로 달려가더니 짚신을 빌려서 댓돌에 가지런히 올려놓았다.

별당 앞과 산문 양쪽에 큰 화톳불을 피워 놓았고 문전 마을의 집들도 횃불을 걸어 놓아서 산 위는 대낮처럼 환했다. 호수처럼 깊은 빛을 띤 밤하늘에는 은하수가 반짝반짝 빛나고 있었다. 사람들은 산 위의 추위도 잊은 채 그 아름다운 별빛과 불빛을 받으며 신악전^{神樂殿}을 둘러싸고 있었다. 이오리는 사람들에 휩쓸리면서 주위를 두리번거렸다.

"방금 여기 계셨는데 스승님은 어디로 가셨지?"

산에서 불어오는 바람을 타고 피리 소리와 북소리가 울려 퍼지자 이윽고 사람들이 이곳으로 물이 흐르듯 몰려들고 있었는데 신악전은 아직 정적에 휩싸인 채 등불과 휘장이 바람에 일렁일 뿐 무인舞人의 모습은 보이지 않았다.

"스승님!"

이오리는 사람들 사이를 헤치며 다니다가 가까스로 무사시의 모습을 발견했다. 무사시는 거기서 조금 앞쪽에 있는 불당 기둥에 서서 새까맣게 걸려 있는 공양 명찰을 올려다보고 있었다. 이오리가 달려가서 소매를 끌어도 무사시는 잠자코 명찰을 쳐다보고 있었다. 수많은 공양 명찰들과 떨어져 있는 금액도 엄청났고 크기도 훨씬 더 큰 명찰이 걸려 있어서 이오리의 시선을 끌었다.

부슈武州7 시바우라芝浦 촌

나라이야奈良井屋 다이조大藏

"……?"

나라이 다이조라고 하면 몇 년 전, 그가 헤어진 조타로를 데리고 타국으로 여행길에 올랐다는 말을 듣고 기소에서 스와 주변에 이르기까지 얼마나 찾아 헤맸는지 모른다.

"부슈의 시바우라?"

바로 얼마 전까지 있었던 에도였다. 무사시는 뜻하지 않게 그 다이 조의 이름을 발견하고는 멍하니 헤어진 사람들을 생각하고 있었던 것이다. 무사시는 그들을 잊지 않고 있었다. 나날이 성장해 가는 이오리를 보면서, 또 무슨 일이라도 있으면 그들을 떠올리곤 했다.

'벌써 삼 년이라는 세월이 꿈같이 흘러갔구나.'

무사시는 조타로의 나이를 마음속으로 헤아려 보았다. 갑자기 신악전의 북이 크게 울리자 무사시는 정신을 차렸다.

"아, 벌써 시작했다."

이오리는 마음이 온통 그쪽으로 향했다.

"스승님, 무엇을 보고 계세요?"

"아무것도 아니다. 이오리, 혼자서 가구라를 보고 있거라. 잠깐 볼일이 생각나서 그러니 난 나중에 뒤따라가마."

무사시는 이오리를 먼저 보내고 혼자서 신관의 집 쪽으로 갔다.

"공양을 한 사람에 대해서 좀 여쭈어 볼 것이 있습니다만."

"여기서는 알 수 없으니 별당으로 안내하겠습니다."

가는귀가 먹은 늙은 신관이 앞서서 안내를 했다.

'총별당總別堂 고운사高雲寺 평등방平等坊'이란 큰 글자가 입구에 위엄 있게 쓰여 있었다. 보물을 모아 놓은 창고인 보장寶藏의 하얀 벽도 안쪽으로 보였다. 모든 일을 이곳에서 처리하고 있는 듯했다. 노 신관이

---

7 무사시구니武蔵国의 약칭.

현관에서 한참동안 무언가를 얘기하더니 한 승려가 정중하게 안으로 안내했다.

"이리 오십시오."

차와 과자가 나오고 얼마 후에는 조촐한 곁상까지 나오더니 예쁘장한 아이가 술병을 들고 와서 시중을 들었다. 잠시 후에는 권승정權僧正을 맡고 있는 중이 들어와서 정중하게 말했다.

"이 산 위까지 잘 오셨습니다. 산채밖에 대접할 것이 없지만 많이 드십시오."

무사시는 사람을 잘못 알고 있는 듯한 기분이 들어 술잔에는 손도 대지 않고 말했다.

"실은 공양을 한 사람에 대해 조사해 볼 것이 있어 온 사람입니다."

무사시가 그렇게 말하자 오십은 되어 보이는 후덕한 권승정이 눈을 크게 뜨며 물었다.

"예? 조사라니요?"

권정승은 자못 의아스런 표정으로 무사시를 훑어보았다. 무사시가 공양 명찰 중에 부슈 시바우라 촌의 나라이 다이조라는 사람은 언제 이곳에 왔으며 또 자주 오는지, 그리고 올 때는 혼자서 오는지 시종이 있으면 어떻게 생겼는지 하고 묻자 권정승은 대단히 불쾌한 표정으로 말했다.

"아니, 그럼 당신은 공양을 하려는 것이 아니라 공양자의 신원을 조사하러 왔단 말이오?"

노 신관이 잘못 알아들었던지, 이 권승정이 잘못 알았던 듯싶었다.

"잘못 알고 계신 듯합니다. 저는 공양을 하고 싶다고 한 것이 아니라 나라이의 다이조라는 사람에 대해서……"

무사시는 자신의 용건을 다시 말했다.

"그렇다면 그렇다고 현관에서 분명히 말했으면 좋았을 것을. 보아하니 낭인 같은데 신원도 확실치 않은 사람에게 공양자의 신원을 알려 줘서 폐를 끼칠 수는 없소."

"절대 그런 일은 없을 겁니다."

"흐음, 담당 역승에게 물어보시오."

권승정은 뭔가 손해라도 봤다는 듯 소매를 한 번 내젓더니 자리에서 일어나 나갔다. 역승이 공양자의 내역을 적어 놓은 대장을 꺼내 적당히 훑어보더니 퉁명하게 말했다.

"가끔 이곳에 참배하러 오시는 것 같지만 여기에도 자세한 것은 적혀 있지 않소. 시종이 몇 살인지 그런 것까지는 모르겠소."

"번거롭게 해서 죄송합니다."

무사시는 공손히 인사를 하고 밖으로 나와서 신악전으로 가서 이오리를 찾았다. 사람들 뒤쪽에 있던 이오리는 키가 작은 탓에 나무 위에 올라가 가구라를 구경하고 있었다. 그는 무사시가 나무 아래에 온 것도 모른 채 온통 춤에 정신이 팔려 있었다. 검은 편백나무 무대엔 오색 휘장이 쳐져 있었다. 건물의 사방에 둘러친 새끼줄이 바람에 흔들리고 있었고 정원의 화톳불이 불꽃을 튀기며 일렁댔다.

무사시도 이오리와 함께 무대를 바라보았다. 무사시에게도 이오리 와 같은 어린 시절이 있었다. 마치 지금 이곳이 고향의 사누모^{鷲甘} 신 사의 야제^{夜祭}처럼 느껴졌다. 사람들 물결 속에 오츠의 하얀 얼굴이 보 이는 듯했고 마타하치가 무언가를 먹고 있었고 곤 숙부가 걸어 다니 고 있는 듯했다. 그리고 늦게 돌아오는 자신이 걱정되어 찾아다니는 어머니의 모습까지, 그 무렵의 아련한 환영 속에 들어와 있는 듯했다.

정원의 화톳불은 무대에 앉아서 피리를 입에 대고 북채를 쥐고 있는 사람들의 의상과 비단을 신비롭게 비춰 주고 있었다. 유장한 대북 소 리가 주변에 늘어선 삼나무 위로 메아리쳤다. 그 북소리에 이끌리듯 피리와 북이 울리더니 무대에 제악을 관장하는 신관이 신대^{神代}의 가 면을 쓰고 느릿느릿 춤을 추며 노래를 부르기 시작했다. 그 제악의 노 래 몇 마디는 무사시도 어릴 적부터 기억하고 있었다. 가면을 쓰고 고 향의 사누모 신사 신악당^{神樂堂}에서 춤을 추던 일이 떠올랐다.

그 부분을 듣고 있을 때였다. 무대 위 고수^{鼓手}의 자리에서 북을 치고 있는 사람의 손을 물끄러미 보고 있던 무사시가 갑자기 주변 사람들 을 잊어버린 듯 큰 소리로 중얼거렸다.

"앗, 저것이다! 이도^{二刀}는……."

나무 위에 있던 이오리가 무사시의 소리를 듣고 깜짝 놀라 내려다 봤다.

"스승님 거기 계셨어요?"

"……."

무사시는 쳐다보지도 않았다. 신악전의 무대 쪽을 보고 있었지만 다른 사람들처럼 무악에 도취되어 있는 눈은 아니었다. 오히려 무섭다고도 할 수 있는 눈초리였다.

"흐음, 이도. 저것도 이도와 똑같은 원리다. 채는 둘이지만 소리는 하나."

무사시는 응시하면서 팔짱을 풀지 않았다. 그러나 그의 가슴에서는 몇 년째 풀리지 않았던 이도에 관한 의문이 풀리고 있었다. 인간은 태어나면서부터 두 개의 손이 있지만 칼을 잡을 때에는 한 손밖에 쓰지 않는다. 적도 그러했고 모든 사람들이 그것이 습성인 양 한 손만을 사용하고 있어 괜찮았지만 만일 두 손과 두 개의 검을 완벽하게 사용할 수 있는 사람이 있다면 한 손만을 쓰는 사람은 어떻게 될 것인가?

그 실례는 이미 무사시의 체험 속에 있었다. 그것은 일승사 소나무 싸움에서 요시오카 제자들과 단신으로 맞섰을 때였다. 그 싸움이 끝난 후 정신을 차려 보니 무사시는 양손에 칼을 들고 있었다. 오른손엔 장검을, 왼손엔 단검을. 그것은 본성에 따른 것이었다. 무의식중에 두 손이 온 힘을 다해 자신의 몸을 지켰던 것이다. 생사의 갈림길이 필연적으로 가르쳐 준 것이었다.

대군끼리의 싸움에도 양쪽 날개의 군사를 완전히 구사하지 않고 적군에 맞서는 병법은 존재하지 않았다. 하물며 단 한 명일 경우에는 더욱 그러했다. 일상생활의 습성은 부지불식간에 부자연스러움을 자연스러움으로 여기게 하고 그것을 이상하게 여기지 않게 만든다.

'이도가 진리다. 이도가 자연스러운 것이다.'

무사시는 이때 이후로 그렇게 믿게 되었다.

하지만 일상생활은 일상의 행동이고 인생에서 생사의 갈림길은 그렇게 몇 번이나 찾아오는 것은 아니었다. 더욱이 검의 궁극적인 의미는 그 생사의 의미를 일상화하는 데에 있었다. 무의식이 아닌 의식적인 움직임이어야 했다. 그 위에 그 의식이 흡사 무의식과 같이 자유롭게 움직여야 했다. 이도는 그러한 것이어야만 했다. 무사시는 항상 그런 마음을 가슴속에 품고 있었다. 그는 자신의 신념에 이론을 더해서 완벽한 이도의 원리를 깨우치고자 했다.

그런데 무사시는 지금 그것을 문득 깨달았다. 신악전 위에서 북을 치는 고수가 두 손에 쥔 채를 두드리며 내는 소리에서 이도의 진리를 들었던 것이다. 북을 치는 채는 두 개이지만 발하는 소리는 하나였다. 그리고 왼쪽과 오른쪽, 오른쪽과 왼쪽을 의식하지만 의식을 하지 않았다. 이른바 무애자유無礙自由의 경지였다. 무사시는 막혀 있던 가슴이 활짝 열리는 심경이었다.

다섯 번째 제악은 신관의 노래로 시작해 어느 틈엔가 춤을 추는 무인도 바뀌어 있었고 피리 소리도 빠른 곡조로 울고 있었다.

"이오리, 아직도 보고 있느냐?"

무사시가 나무를 올려다보며 말했다.

"예, 아직요."

이오리는 춤에 도취되어 마치 자신도 춤을 추고 있는 듯 건성으로 대답했다.

"내일은 산 안쪽의 오지원奧之院까지 큰 산을 올라야 하니 너무 늦지 않게 돌아가서 자거라."

무사시는 그렇게 이른 다음 별당인 관음원 쪽으로 혼자 걸어갔다.

그런데 그의 등 뒤에서 몸집이 커다란 검은 개를 목줄로 묶고 느릿느릿 뒤따라오는 사내가 있었다. 무사시가 관음원 안으로 들어가자 검은 개를 데리고 있는 사내가 낮은 목소리로 뒤편 어둠을 향해 손짓했다.

"어이, 어이!"

마의
권속

산에서 개는 미쓰미네의 사자使者라 하여
부처님의 권속眷屬이라고 부르고 있었다. 참배자들이 산을 내려갈 때 그
개의 부적이나 목상, 도기 등을 사가는 것도 그 때문이었다. 또 이 산에
는 진짜 야생의 개도 많았는데 그 개들은 사람이 길들이기도 하고 숭상
을 하기도 하지만, 산속에 살다 보니 자연히 살아 있는 동물을 먹었고
아직 야성의 본능이 살아 있는 사나운 개들이 훨씬 많았다.

이 개들의 조상은 천 년 전, 큰 무리를 이루어 바다를 건너 무사시노
로 건너온 고려인高麗人들과 함께 왔는데 그 이전부터 지치부의 산에
있던 순수 반도종板東種인 산개와 피가 섞인 맹견이었다.

무사시를 별당인 관음원 앞까지 미행한 사내의 손에도 삼노끈에 묶
여 있는 개 한 마리가 있었다. 방금 그 사내가 어둠 속을 향해 손짓을
하자 송아지만한 검은 개도 함께 어둠을 향해 킁킁 냄새를 맡기 시작

했다. 개가 늘 맡아서 익숙한 사람의 체취가 가까이 오고 있었기 때문이었다.

"쉿!"

주인이 목줄을 잡은 채 꼬리를 젓는 개의 엉덩이를 한 대 후려쳤다. 주인의 얼굴은 해치를 닮은 개에 뒤지지 않을 만큼 험상궂었다. 얼굴엔 주름이 깊게 잡혀 있었고 쉰 살 정도로 보였지만 건장한 몸집은 젊은 사람을 능가할 만큼 용맹해 보였다. 키는 다섯 척 남짓했지만 사지에는 탄력과 투지가 넘쳤다. 주인인 이 사내도 데리고 온 개와 마찬가지로 아직 야성의 본능을 벗지 못한 산사람 중 한 명이었지만 절에서 일을 하고 있었기 때문에 복장만큼은 단정했다. 옛날 옷 같기도 하고 예복 같기도 한 옷 위로 허리띠를 매고 있었는데 발에는 제례 때나 신는 종이를 감아 만든 짚신을 신고 있었다.

"바이켄 님."

어둠 속에서 살며시 다가온 여자가 말했다. 개가 치맛자락을 물고 장난을 치려고 하자 여자는 더 이상 다가가지 못했다.

"이놈."

바이켄은 줄의 끝자락으로 개의 머리를 조금 세게 때렸다.

"오코, 용케 발견했군."

"분명 그자이지요?"

"틀림없이 무사시네."

"……."

"……."

두 사람은 한동안 입을 닫고 구름 사이로 별을 보고 있었다. 신악전의 빠른 가락이 검은 삼나무 가로수 너머로 한층 요란히 들려왔다.

"어떻게 할 거예요?"

"손을 써야지."

"이렇게 좋은 기회는 없을 거예요."

"그래, 무사히 내려보낼 수야 없지."

오코는 연신 눈짓을 하며 바이켄을 재촉했지만 바이켄은 쉽사리 결정을 내리지 못하고 있었다. 눈을 굴리면서 묘안을 생각하려 마음이 초조한 듯했다. 무서운 눈이었다. 잠시 후 바이켄이 말했다.

"도지는 있는가?"

"네. 제삿술에 취해 초저녁부터 가게에서 자고 있어요."

"가서 깨우게."

"바이켄 님은?"

"아무래도 나는 절에 매여 있는 몸이라 순찰 도는 일을 끝내고 나중에 가겠네."

"그럼, 집에서……."

"그래, 자네 가게에서."

빨간 화톳불이 일렁이는 어둠 속으로 두 사람의 그림자가 각기 다른 방향으로 사라졌다. 산문을 나선 오코는 걸음을 재촉했다. 문전 마을에는 이삼십 호의 집들이 있었는데 대개는 선물 가게와 숙박을 겸하는 주막이었다. 이따금 술과 음식을 삶는 냄새를 풍기며 안에서 사람들의 시끌벅적한 소리가 들리는 집도 있었다. 그녀가 들어간 집도 그런 곳들 중 하나로 토방에는 걸상이 나란히 놓여 있었고 처마 끝에는 '쉬어 가는 곳'이라고 쓰여 있었다.

"그이는?"

안으로 들어온 오코가 탁자에 엎드려 자고 있던 일하는 소녀에게 물었다.

"자고 있느냐?"

소녀는 야단을 들을까 봐 황망히 고개를 내저었다.

"너 말고 아저씨 말이다."

"아, 아저씬 주무시고 계세요."

"그럴 줄 알았다."

오코는 혀를 차면서 어두운 토방을 둘러보며 말했다.

"제사인데 이렇게 어둡고 텅 빈 곳은 우리 집뿐이다. 나 원 참."

부엌 입구에서 일하는 사내와 노파가 시루에 팥밥을 하고 있었다. 거기에서 빨간 장작불이 흔들리고 있었다.

"이것 봐요."

오코는 한쪽 탁자 위에 벌렁 드러누워 자고 있는 사내의 모습을 보고 다가갔다.

"어서 좀 일어나요."

오코가 어깨를 잡고 흔들자 자고 있던 사내가 벌떡 일어났다.

"뭐야?"

"아니?"

오코는 뒤로 물러서서 사내의 얼굴을 보았다. 사내는 그녀의 남편인 도지가 아니었다. 둥그런 얼굴에 큼직한 눈을 가진 시골 젊은이였다. 젊은이는 처음 보는 여자가 자신을 깨우자 눈을 동그랗게 뜨고 오코를 쳐다보았다.

"호호호."

그녀는 자신의 실수를 웃음으로 얼버무리면서 사과했다.

"손님인 줄 모르고 죄송합니다."

시골 젊은이는 탁자 아래에 떨어진 거적을 주워 얼굴에 얹더니 다시 잠을 잤다. 목침 앞에 먹다 만 쟁반과 밥그릇이 놓여 있었고 거적 밖으로 삐져나온 두 발은 흙투성이의 짚신을 신고 있었으며 벽 근처에는 이 젊은이의 것인 듯한 봇짐과 삿갓, 지팡이 하나가 놓여 있었다.

"저 젊은인 손님이니?"

오코가 소녀에게 물었다.

"예. 한숨 자고 안쪽 사원으로 갈 것인데 잠시 재워 달라 하기에 목침을 빌려 드렸어요."

"그럼 왜 그렇다고 말하지 않았니. 아저씨인 줄 알았잖아. 그런데 대체 아저씬 어디 계시냐?"

오코가 그렇게 말하자 한쪽에 있는 찢어진 장지 안에서 발 한쪽을 토방에 내놓고 멍석에 드러누워 있던 도지가 볼멘소리를 하며 일어나 앉았다.

"어이가 없군. 내가 여기 있는 게 보이지 않아? 가게를 비워 놓고 어딜 그리 싸다니는 거야?"

기엔 도지였다. 그의 모습은 딴판으로 변해 있었지만 그럼에도 악연을 끊지 못하고 함께 붙어 있는 오코도 예전의 색기는 찾아볼 수 없을 만큼 남자 같은 여자가 되어 있었다. 도지가 게을렀기 때문에 자연히 그녀가 그렇게 되지 않으면 생계를 유지할 수 없었던 탓도 있었던 듯하다. 와다 고개에서 약초를 캐는 오두막을 짓고 나카센도를 오가는 사람들을 죽여서 먹고살던 시절은 그래도 좋은 편이었다. 그러나 그 오두막도 불에 타 버리고 수족처럼 부리던 부하들도 뿔뿔이 흩어져 지금 도지는 겨울철에만 사냥을 하고 오코는 주막집 여주인이 되었다.

자다 일어난 탓인지 도지의 눈은 아직 빨갛게 충혈되어 있었다. 그는 토방에 있는 물 항아리를 보자 일어나서 다가가더니 술을 깨려는지 국자로 퍼서 벌컥벌컥 물을 들이켰다. 오코는 한 손으로 탁자를 짚고 뒤돌아보면서 말했다.

"아무리 제삿날이라고 해도 정도껏 마셔요. 생명이 위험한 줄도 모르고, 밖에서 칼을 맞지 않은 게 다행이군."

"뭣이?"

"방심하지 말란 말이에요."

"무슨 일이 있었나?"

"무사시가 여기 와 있는 걸 당신 알기나 해요?"

"뭐, 무사시가?"

"예."

"무사시라니, 그 미야모토 무사시 말인가?"

"그래요. 어제부터 별당 관음원에서 묵고 있어요."

"저, 정말인가?"

물 항아리에 가득 찬 물을 뒤집어쓴 것보다 무사시의 이름이 그의 취기를 깨우는 데 더 효과가 있는 듯했다.

"큰일이군. 오코, 녀석이 내려가기 전까진 당신도 집 밖으로 나가지 않는 게 좋아."

"그럼 당신은 무사시가 왔다는 걸 알고도 숨어 있을 작정이에요?"

"와다 고개에서의 실수를 또 범할 순 없잖아."

"비겁해요."

오코는 도지를 비웃으며 말했다.

"와다 고개에서도 그렇지만 무사시와 당신은 교토에서 요시오카의 싸움 이래로 원한이 쌓인 사이가 아니에요? 여자인 나도 그 자한테 결박을 당하고 정들었던 오두막이 불탔을 때의 분함은 지금도 잊지 못해요."

"하지만 그때는 부하들이라도 많이 있었지……."

도지는 자신을 잘 알고 있었다. 그는 일승사 소나무 싸움에는 가담하지 않았지만 그 후 요시오카의 제자한테 무사시의 실력이 어느 정도인지 들었고, 와다 고개에서는 직접 눈으로 확인도 했기 때문에 도저히 무사시를 이길 승산이 없다고 생각하고 있었다.

"그러니까."

오코가 바싹 다가서며 말했다.

"당신 혼자서는 어렵겠지만 이 산에는 무사시에게 깊은 원한을 품고 있는 사람이 또 한 사람 있잖아요."

도지는 오코의 말을 듣고 한 사람을 떠올렸다. 그녀가 말한 사람은 이 산에 있는 고운사 평등방의 총무소總務所의 보장寶藏을 지키는 절 무사인 시시도 바이켄을 말하는 것이 틀림없었다. 이곳에 주막을 내게 된 것도 바이켄이 뒤를 봐주었기 때문이었다. 와다 고개를 떠나 돌아다니다가 이곳 지치부에서 시시도 바이켄과 만난 것이 인연이었다.

나중에 바이켄과 이야기를 하다 보니, 바이켄은 이전 전국 시대에 스즈카鈴鹿 산의 아노고安濃鄕에 살고 있었으며 한때는 많은 부하들을 거느리고 도적질을 했었다고 했다. 그러다 전쟁이 끝나자 이가伊賀의 산속에서 대장장이가 되어 평범한 백성 행세를 하고 있었는데 영주인 도도藤堂가의 번이 통일되어감에 따라 그 행세도 하기 어려워져서 마침내 도적의 무리들을 해산하고 혼자서 에도로 가던 중 미쓰미네에 연고가 있는 자의 소개로 몇 년 전부터 이곳 고운사의 보장을 지키는 무사로 고용이 되었던 것이었다.

이곳보다 더 안쪽에 있는 부코武甲의 깊은 산에는 아직도 도적들보다 더 살벌하고 미개한 사람들이 무기를 가지고 산다는 말을 들은 바이켄은 독으로 독을 제압하기 위해, 이곳에서 착한 사람 행세를 하고 있었던 것이었다.

보장에는 절의 보물뿐만 아니라 공양을 받은 재물도 있었다. 산속에 있는 절은 언제나 산적들의 습격에 위협을 받고 있었는데 시시도 바이켄은 그 보물창고를 지키는 무사로서 실로 안성맞춤인 인물임이 분명했다.

바이켄은 도적들의 습성이나 쳐들어오는 방법 등에 대해 잘 알고 있었고 무엇보다 시시도 야에가키류肉戶八重垣流의 쇄겸鎖鎌을 창안한 자였기 때문에 쇄겸에 있어서는 천하무적이자 달인이었다. 과거에 도적이 되지 않았더라면 응당 주군을 섬길 인물이었다. 그러나 그의 혈통은 너무도 검었다. 그와 피를 나눈 형인 쓰지가제 덴마는 이부키 산에서 야스가와 지방에 걸쳐 악명을 떨친 도적의 두목이었다. 그 쓰지가제 덴마가 죽은 건 벌써 십 년 전이었는데, 무사시가 아직 '다케조'라고 불리던 무렵, 세키가하라 전란 이후 이부키 산의 들녘에서 무사시의 목검에 맞아 피를 쏟고 죽음을 맞고 말았다.

시시도 바이켄은 자신들이 몰락한 원인이 시대가 변한 것보다 형의 죽음에서 시작되었다고 여기고 있었다. 그래서 바이켄은 다케조라는 이름을 가슴속 깊이 새겨 두고 있었다. 그 후, 바이켄과 무사시는 이세지伊勢路의 길 위, 아노安濃의 산가에서 뜻밖에 조우했었다. 바이켄은 무사시를 필살의 함정에 몰아넣었다고 생각하고 잠자는 무사시의 목을 노렸지만 무사시는 사지를 빠져나가 모습을 감추고 말았다. 그 이래로 바이켄은 무사시를 보지 못했었다.

오코는 바이켄에게 몇 번이나 그 얘기를 들었고 자신들의 이야기도 바이켄에게 들려주었다. 그녀는 바이켄과 친밀한 관계를 쌓기 위해서 무사시에 대한 원한을 더욱 강조해서 이야기했다. 그럴 때마다 바이켄은 눈가에 깊은 주름을 잡으며 항상 중얼거렸다.

"인생은 기니 언젠가는 반드시!"

무사시는 이런 자들 때문에 이오리를 데리고 더없이 위험한 산을 올라온 것이었다.

오코는 가게 안에서 무사시의 모습을 얼핏 보고 어디로 가는지 지켜보다가 사람들이 너무 많아 그만 놓치고 말았다. 도지를 찾았지만 도지는 가게에 없었다. 초저녁에 별당의 현관을 기웃거리다가 마침내 무사시와 이오리가 신악전 쪽으로 나가는 것을 발견했다. 무사시가 분명했다. 그녀는 그 길로 총무소로 가서 바이켄을 불렀고 개를 끌고 나온 바이켄은 무사시가 관음원으로 돌아갈 때까지 미행을 했던 것이다.

"음, 그랬군."

도지는 그 얘기를 듣고서야 기운이 나는 듯했다.

바이켄이 도와준다면 승산이 있을 것 같았다. 미쓰미네의 봉납 시합에서 바이켄이 야에카기류의 쇄겸을 써서 반도坂東의 무사들 대부분을 베어 버렸던 기억이 떠올랐다.

"그렇군. 그럼 바이켄 님도 이 사실을 알고 있단 말이지?"

"일을 끝내고 이쪽으로 오신다고 했어요."

"그리 약속했단 말이지?"

"당연하죠."

"하지만 상대는 무사시야. 이번에야말로 정신을 바싹 차리지 않으면……."

도지는 몸을 부르르 떨며 자신도 모르게 큰소리로 말했다. 오코는 깜짝 놀라며 어슴푸레한 토방 한쪽을 돌아다보았다. 탁자에는 거적을 뒤집어쓴 젊은이가 아까부터 코를 골며 깊은 잠에 빠져 있었다.

"쉬잇!"

"왜, 누가 있나?"

오코가 주의를 주자 도지는 자신의 입을 막았다.

"누구야?"

"손님이에요."

오코는 그다지 신경을 쓰지 않았지만 도지는 얼굴을 찡그렸다.

"깨워서 내보내. 게다가 시시도 님이 오실 때도 됐잖아."

오코는 하녀에게 손님을 깨워 보내라고 일렀다. 하녀는 구석 탁자로 가서 코를 고며 자고 있는 젊은이를 깨워서 이제 가게 문을 닫아야 하니 나가 달라고 불퉁하게 말했다.

"야아, 잘 잤다."

젊은이는 하품을 하고 토방으로 내려섰다. 여장이나 사투리로 봐서 근처에 사는 사람 같지는 않았다. 그는 일어나자 눈을 끔뻑이며 혼자 싱긋 웃었다. 그리고 금방이라도 터질 듯한 젊디젊은 몸을 바삐 움직여 눈 깜짝할 사이에 삿갓과 지팡이를 든 다음 여행 보따리를 목에 감고는 말했다.

"신세를 졌습니다."

젊은이는 인사를 하고 밖으로 나갔다.

"찻값은 놓고 갔느냐? 그만 가게를 정리해라."

오코는 하녀를 돌아보더니 그렇게 말하고 도지와 함께 발을 걷고 가게를 정리하기 시작했다. 그곳에 느릿느릿 송아지만 한 검은 개 한 마리가 들어왔다. 그 뒤로 바이켄의 모습이 보였다.

"오셨습니까?"

"어서 안으로 들어오시지요."

바이켄은 아무 말 없이 신발을 벗었다. 검은 개는 바닥에 떨어진 음식 찌꺼기를 주워 먹느라 분주히 돌아다니고 있었다. 바닥에 판자를 깔고 초벽질만 한 벽의 허름한 행랑채에 등불이 켜졌다. 바이켄이 앉자마자 말했다.

"아까 신악당神樂堂 앞에서 무사시가 데리고 다니는 아이의 말에 의하면 내일은 오지원으로 올 작정인 듯하네. 그것을 확인하기 위해 관음원에 가서 엿보고 오느라 늦었네."

"그럼 무사시가 내일 아침 산 오지원으로……."

오코와 도지는 침을 삼키며 처마 너머로 보이는 오타케大岳의 검은 그림자를 바라보았다.

바이켄은 보통 방법으로는 무사시를 칠 수 없다는 것을 도지 이상으로 잘 알고 있었다. 보장을 지키는 사람 중에는 바이켄 외에도 두 명의 강건한 중이 있었다. 또 요시오카의 잔당 중에서 이곳에 조그만 도장을 세우고 부락의 젊은이에게 검술을 가르치는 자도 있었다. 그리고 이가에서 따라온 부하 중에 지금은 직업을 바꾼 자들까지 모두 합하면 족히 열 명은 넘었다.

바이켄은 도지에게 손에 익은 철포를 들라 이르고 자신은 늘 가지고 다니는 쇄겸을 들고 왔다고 했다. 또 다른 두 명의 중은 창을 가지고 가급적 많은 사람들을 모아서 날이 밝기 전에 오타케로 가는 중간에 있는 고자루사와小猿澤의 계곡 다리에서 기다리기로 말을 맞춰 놓았으니 빈틈이 없을 것이라고 했다. 도지가 눈을 크게 뜨며 깜짝 놀라더니 물었다.

"아니, 언제 그렇게 손을 다 써 놓았습니까?"

바이켄은 쓴웃음을 지었다. 바이켄이 그저 평범한 중 행세를 하고 있는 것에 익숙하던 도지에게는 그것이 의외로 여겨졌지만, 쓰지가제 덴마의 아우 코헤이의 입장에서는 이 정도의 일은 식은 죽 먹기보다도 쉬운 일이었다.

이도류 대
이도류

아직 안개가 짙었다. 실낱같이 가느다란 초승달이 골짜기 위로 높이 떠 있었고 오타케는 잠에 빠져 있었다. 이 밤에 혼자 분주히 움직이는 것은 고자루가와 골짜기를 흘러가는 물소리뿐이었다. 안개에 휩싸인 그 계곡 다리에 사람의 그림자가 모여 있었다. 낮은 목소리로 부르는 자가 있었다.

"도지."

바이켄의 목소리였다. 도지가 낮은 목소리로 대답하자 바이켄이 주의를 주었다.

"노끈이 물에 젖지 않도록 하게."

법의를 두르고 창을 든 두 명의 중도 이 살벌한 무리들 속에 섞여 있었고 시골 무사나 건달패거리들도 있었다. 복장은 잡다했지만 모두가 만반의 준비를 하고 온 듯했다.

"다 모였나?"

"예."

"몇 명이냐?"

서로 머릿수를 세어 보더니 모두 열세 명이라고 했다.

"좋아!"

바이켄은 다시 한 번 어떻게 행동해야 하는지 한 명 한 명에게 되풀이해서 일러주자 모두 조용히 머리를 끄덕였다. 이윽고 그들은 계곡의 다리에서 외길 부근을 향해 각자 모습을 감췄다.

오지원奧之院 길, 여기서 서른한 정町

절벽 기슭에 있는 이정표의 돌 문자가 푸르스름한 달빛에 희미하게 보였고 계곡물 소리와 바람 소리만 들려왔다. 사람이 지나가자 한동안 숨어 있던 그림자가 소리를 지르며 나뭇가지를 타고 건너다니기 시작했다. 여기서 오지원까지 흔히 볼 수 있는 원숭이들이 있었다. 원숭이들은 벼랑 위에서 잔돌을 굴리거나 덩굴에 매달려 길가까지 나와서 다리를 휘젓고 다니거나 다리 아래에 숨거나 골짜기 사이로 뛰어내렸다. 안개가 원숭이들의 모습을 보호하듯 감싸고 있었다. 원숭이들의 세상이었다. 희미한 달빛 아래 원숭이들의 모습은 안개에 비쳐 흡사 두 마리처럼 보이기도 했다.

멍, 멍, 멍. 순간 개 짖는 소리가 메아리치더니 골짜기 멀리 퍼져 나갔다. 그 순간, 늦가을 노랗게 물든 단풍잎이 바람에 날리듯 원숭이들은 순식간에 자취를 감춰 버렸다. 그곳에 바이켄이 기르고 있는 검은 개가 줄을 끊고 맹렬한 속도로 뛰어왔다.

"구로黑, 구로!"

오코가 뒤에서 쫓아왔다. 바이켄 일행이 오타케 쪽으로 간 것을 알고 개가 목줄을 끊고 쫓아온 듯했다. 그녀는 가까스로 개가 질질 끌고 가는 목줄을 잡았다. 목줄을 잡힌 개가 그 큰 몸집으로 버둥거렸다.

"이놈의 개가."

개를 좋아하지 않았던 오코는 줄로 후려치며 소리쳤다.

"돌아가!"

오코가 왔던 길로 끌고 가려고 하자 개가 입을 벌리고 짖어 대기 시작했다. 목줄을 잡았지만 오코의 힘으로는 꿈쩍도 하지 않았다. 억지로 잡아당기면 개는 늑대처럼 날카롭게 짖어 댔다.

"왜 이런 걸 데려왔는지 몰라. 보장의 개집 속에 묶어 두면 좋을걸."

오코는 역정이 났다. 이러고 있는 동안 아침 일찍 별당의 관음원을 나설 무사시가 오다가 의심을 할지도 몰랐다. 이런 개가 이런 곳에서 서성거리고 있는 것만으로도 기민한 무사시가 눈치를 챌 가능성은 충분했다.

"나 참, 내 힘으론 안 되겠는데."

오코는 개를 주체하지 못하고 있었다. 개는 계속 짖어 댔다.

"할 수 없군. 가자. 그 대신 오지원에 가면 짖으면 안 된다."

그녀는 할 수 없이 개를 끌고, 아니 개에게 끌려서 앞서 올라간 사람들의 뒤를 숨을 헐떡이며 쫓아갔다. 개는 더 이상 짖지 않고 기쁜 듯 주인의 냄새를 맡으며 쫓아갔다.

한밤중 동안 골짜기를 덮고 있던 안개가 구름이 걷히듯 사라지자 부코武甲의 산들과 묘호와 시라이시, 구모도리 마을이 보이기 시작했다. 오지원으로 가는 길 위로 날이 새기 시작하더니 주위에선 새들의 소리가 귓가에 들려왔다.

"스승님, 어쩐 일일까요?"

"뭐가 말이냐?"

"날이 샜는데 해가 안 보이니 말이에요."

"네가 보고 있는 쪽은 서쪽이 아니냐?"

"아, 그렇군."

이오리는 산봉우리 저편으로 지고 있는 아스라한 달을 발견했다.

"이오리."

"예."

"이 산에는 네 친구가 많이 있구나."

"어디요?"

"봐라, 저기도 있다."

무사시가 가리키는 나무를 바라보니 어미 원숭이를 둘러싸고 새끼 원숭이가 모여 있었다.

"그렇지? 하하하."

"쳇, 하지만 원숭이가 부러워요."

"왜?"

"엄마가 있잖아요."

"……."

길은 가팔랐다. 무사시는 묵묵히 앞서 올랐다. 조금 오르자 다시 평지가 나왔다.

"저어, 예전에 스승님께 맡겼던 아버지 유물인 가죽주머니, 그거 아직 가지고 계시죠?"

"물론이다."

"주머니 속을 보셨나요?"

"안 보았다."

"그 속에 부적 외에 뭐라고 쓴 것도 들어 있으니 다음에 한 번 봐 주세요."

"그러마."

"그걸 가지고 있을 때는 전 어려운 글자를 읽을 수 없었지만 지금은 읽을 수 있을지 모르겠어요."

"나중에 네가 직접 열어 보도록 해라."

밤이 점점 하얗게 새고 있었다. 무사시는 길가의 풀들을 바라보며 걷고 있었다. 이미 누군가 먼저 밟고 간 흔적들이 어지럽게 찍혀 있었다. 길은 산을 굽이굽이 감고 돌아서 이윽고 동쪽을 바라보는 평지로 이어지고 있었다.

"아, 해가 뜬다!"

이오리가 해가 돋는 모습을 가리키며 무사시를 돌아다보았다.

"오오!"

무사시의 얼굴도 선홍빛으로 물들었다. 눈길이 닿는 곳은 온통 구름 바다였다. 반도의 평야와 코슈와 조슈의 산들이 구름 물결 속에서 떠오르는 섬들 같았다. 이오리는 입을 꼭 다물고 단정한 자세로 해돋이를 바라보았다. 너무나 큰 감동을 받아 무슨 말을 해야 할지 알 수 없었다. 자신의 몸 안에서 흐르고 있는 피와 태양이 발하고 있는 붉은 빛이 흡사 하나인 듯했다. 이오리는 자신을 태양의 아들이다, 라고 생각했지만 그럼에도 여전히 자신이 받은 감동을 제대로 표현한 것 같지 않았다. 이오리는 다시 입을 다물고 황홀히 바라보고 있다가 갑자기 큰소리로 외쳤다.

"아마데라스오미가미天照皇大神[8] 님이다."

이오리는 무사시를 보며 물었다.

"네, 스승님. 그렇죠?"

"그렇다."

이오리는 두 손을 높이 쳐들고 열손가락을 비쳐 보더니 또 소리쳤다.

"태양의 피도 내 피도 똑같은 색이다."

이오리는 그 손으로 손뼉을 치고는 머리를 숙이면서 마음속으로 뇌까렸다.

---

8 일본 신화에 나오는 황실의 시조신.

'원숭이에게는 엄마가 있지만 나에게는 없다. 원숭이에겐 시조신이 없지만 나에겐 있다.'

이렇게 생각하자 기쁨이 차오르고 눈물이 흘러내렸다.

그 눈물이 갑자기 이오리의 손과 발을 움직이게 했다. 이오리의 귀에는 어젯밤의 이와도 가구라岩戸神樂가 구름 저편에서 들려오고 있었다. 이오리는 가는 대나무를 집어 들고 춤을 추기 시작했다. 가구라 박자에 맞춰 발을 구르고 손을 휘저으며 어제 외운 노래를 불렀다. 문득 정신을 차리자 무사시는 벌써 저만큼 걸어가고 있었다. 이오리는 황망히 쫓아갔다.

길은 다시 숲 사이로 접어들었다. 어느새 참배길이 가까운지 나무들의 모습이 잘 정돈되어 있어 통일감이 있었다. 커다란 나무는 모두 두터운 이끼로 덮여 있었고 이끼에는 흰 꽃이 붙어 있었다. 오백 년, 천 년이나 살아온 나무라고 생각하자 이오리는 나무에게도 절을 하고 싶어졌다.

발밑은 얼룩조릿대 때문에 점점 좁아졌고 새빨갛게 단풍이 든 담쟁이덩굴이 눈길을 끌었다. 숲 속 깊은 곳은 아직 어둠에 잠겨 있어서 위를 올려다봐도 아침 햇살이 조금밖에 보이지 않았다.

문득 두 사람이 밟고 있는 대지가 흔들리는 듯한 느낌이 들었다. 그렇게 생각한 순간, 탕 하는 굉음이 울려 퍼졌다.

"앗!"

이오리는 귀를 막고 얼룩조릿대 속으로 엎드렸다. 그 순간, 옅은 탄

연이 퍼지고 있는 나무 그늘에서 마지막으로 내뱉는 듯한 오싹한 비명 소리가 들려왔다.

"이오리, 일어서지 말거라."

무사시가 얼룩조릿대 속에 머리를 숙이고 있는 이오리에게 삼나무 뒤편에서 말했다.

"무슨 일이 있어도 일어서면 안 된다."

이오리는 대답도 하지 않았다. 화약 연기가 옅은 안개처럼 이오리의 등을 넘어서 지나갔다. 그 옆에 있는 나무, 무사시의 옆에 있는 나무, 또 길의 앞뒤까지 창과 칼이 숨어 있었다. 그늘에 숨어 상황을 살피고 있는 자들은 순간 무사시의 모습이 보이지 않아 당황하고 있는 듯했다. 철포의 효과가 있었는지 확인하기 위해 꼼짝도 하지 않고 한동안 서로 상황을 살피고 있었다. 방금 들린 비명 소리가 무사시의 소리가 아닌가 생각했지만 본래 무사시가 있던 곳에 쓰러진 무사시의 모습이 보이지 않았다. 그것이 그들을 주저하게 만들고 있음이 분명했다. 총소리와 함께 얼룩조릿대 속에 머리를 박고 엉덩이만 내밀고 있는 이오리의 모습은 모두의 눈에 너무나 잘 보였다. 이오리는 사방의 눈과 칼과의 한가운데에 놓여 있었던 것이다.

어디선가 일어서지 말라는 말을 들은 것 같지만 점점 목을 조여 오는 듯한 무서움과, 고막을 찢을 듯한 총소리 후에 찾아온 쥐 죽은 듯한 적막감에 이오리는 살짝 머리를 들었다. 바로 옆에 있는 커다란 삼나무 그늘에 큰 뱀을 닮은 듯한 칼이 얼핏 보이자 그만 소리를 질렀다.

"스, 스승님! 저기 누가 숨어 있어요!"

이오리가 벌떡 일어나 도망치려고 하자 이오리가 본 칼이 그늘에서 튀어나와 악귀처럼 이오리의 머리를 향해 날아왔다.

"이놈!"

그자의 옆얼굴에 작은 칼이 퍽 하고 꽂혔다. 몸을 던져 구할 틈이 없던 무사시가 던진 칼이었다.

"으악."

창으로 내찌르려던 중이었다. 무사시는 그의 창을 한쪽 손으로 잡고 있었다. 하지만 방금 작은 칼을 던져 아무것도 없는 오른손은 다음을 대비하고 있었다. 울창하고 굵은 나무줄기가 시야를 방해해서 적이 몇 명인지 정확히 알 수 없었기 때문에 무사시는 함부로 움직일 수 없었다. 그러자 어디선가 돌이라도 맞은 듯한 신음 소리가 났다.

"캑."

그와 동시에 생각지도 않은 방향에서, 상대방 가운데서 배신자라도 있는지 처절한 싸움이 일어난 듯했다.

"아니?"

무사시가 그쪽으로 시선을 돌린 순간, 노리고 있던 또 한 명의 중이 창을 들고 맹렬한 기세로 무사시를 향해 돌진해 왔다.

"이얏!"

무사시는 양쪽 겨드랑이로 창을 잡았다. 앞뒤에서 창을 들고 무사시를 협공한 두 명의 중이 서로에게 고함을 질렀다.

"달려들어!"

"뭘 하는 거야!"

그들의 고함 소리보다 더 큰 소리로 무사시가 소리쳤다.

"뭐 하는 자들이냐? 어떤 놈들이 이 무사시를 치려 하느냐? 이름을 대라! 만약 이름을 대지 않으면 전부 적으로 간주하겠다. 이 성지를 피로 더럽히는 건 불경한 일이지만 모두 시체가 될 줄 알거라."

그렇게 외친 무사시가 잡고 있던 두 자루의 창을 휘두르자 중은 모두 저만큼 나가 떨어졌다. 무사시는 그들에게 달려들어 칼을 빼서 한 명을 벤 후, 다시 몸을 돌리더니 칼을 빼 들고 달려드는 세 명의 적과 맞섰다. 무사시는 그 좁은 길을 한 발 한 발 밀고 나갔다. 나란히 칼을 들고 있는 세 명에게 다시 옆에서 두 명이 합세했다. 상대방은 좁은 길 위에서 서로 어깨를 움츠리고 계속 뒷걸음질을 치고 있었다. 이오리가 보이지 않는 것이 마음에 걸렸다. 무사시는 정면의 적과 맞선 채 이오리를 불렀다.

"이오리!"

얼핏 보니 삼나무 숲 속에서 쫓기는 자가 있었다. 이오리였다. 방금 죽이지 못한 한 명의 중이 창을 주워들고 이오리를 쫓고 있었다. 무사시가 이오리 쪽으로 몸을 돌리려는 순간, 앞에 있던 다섯 명이 칼을 나란히 겨누고 달려들었다.

"이얏!"

"각오해라."

무사시는 질풍처럼 날아오는 칼들을 향해 먼저 몸을 날려 들어갔다. 성난 파도를 향해 정면으로 부딪친 것이다. 피가 파도처럼 튀어 올랐다. 무사시의 몸은 적보다 낮았고 등은 마치 소용돌이처럼 보였다.

피가 튀는 소리, 살을 베는 소리, 뼈가 튀는 소리가 났다. 두세 번 숨이 끊어지는 듯한 비명이 울려 퍼졌다. 썩은 나무가 넘어가듯 쓰러진 자들은 모두 몸통에서 아랫방향으로 칼을 맞았다. 무사시의 오른손에는 대검, 왼손에는 소검이 쥐어 있었다.

"으아."

두 명이 비명을 지르며 도망을 치기 시작했다.

"어딜!"

뒤를 쫓아간 무사시가 왼손의 칼로 한 명의 후두부를 내리쳤다.

검은 피가 무사시의 눈에 튀었다. 무사시는 자신도 모르게 왼손을 눈으로 갖다 댔다. 그 순간, 이상한 금속음이 바람을 가르며 무사시의 얼굴을 향해 날아왔다. 무의식중에 무사시의 오른쪽 칼이 그것을 튕겨 냈다. 아니, 튕겨 냈다는 것은 단지 의식에 불과했다. 날밑 언저리를 빙글 휘어감은 추를 본 무사시가 아차 하고 생각했을 때에는 이미 칼의 몸체와 가느다란 사슬이 새끼를 꼰 듯 뒤엉켜 있었다.

"무사시!"

손에 낫을 들고 추가 달린 쇠사슬로 무사시의 칼을 휘감은 시시도 바이켄은 쇠사슬을 당기면서 말했다.

"나를 잊지는 않았겠지?"

"아니!"

무사시는 눈을 크게 뜨며 소리쳤다.

"스즈카 산의 바이켄이구나."

"쓰지가제 덴마의 동생이다."

"아니, 그럼?"

"이제 네놈의 운도 다했다. 죽은 형님이 네놈을 부르고 있으니 빨리 가거라."

추가 달린 쇠사슬이 무사시의 칼을 친친 감고 조여 오고 있었다. 바이켄은 쇠사슬을 천천히 감으며 자신의 쪽으로 잡아당겼고 손에 들고 있는 날카로운 낫을 무사시에게 던질 준비를 하고 있었다. 무사시는 왼손에 들고 있는 작은 칼로 낫을 대비하고 있었는데 만약 오른손에 대검 하나뿐이었다면 자신을 보호할 무기는 없었을 것이었다.

"에잇!"

바이켄의 목이 부풀어 올라 얼굴과 똑같이 굵어졌다. 바이켄이 그렇게 혼신의 일성一聲을 외친 순간, 쇠사슬이 무사시의 오른손 칼을 통째로 앞으로 끌어당겼다. 동시에 바이켄은 몸을 돌려 쇠사슬을 한 바퀴 감아서 당기더니 그대로 달려들었다.

무사시는 쇄겸이라는 특수한 무기에 대한 사전 지식이 없지 않았는데, 오늘 뜻하지 않게 일생일대의 실수를 저지르고 말았다. 예전 아노의 대장간 집에서 시시도 바이켄의 아내가 이 쇄겸을 들고 시시도 야에카기류의 자세를 무사시에게 보여 준 적이 있었다. 그때 무사시는 넋을 잃고 보면서 감탄을 했었다. 아내가 저 정도라면 남편인 바이켄의 실력은 어느 정도인가 하고 감탄했던 것이었다. 또 세상에 사용하는 자도 극히 적은 특수한 무기이니 그 성능이 놀라울 것이라는 것도 충분히 인지하고 있었다. 스스로도 쇄겸에 대한 지식은 완전히 알고 있다고 생각하고 있었다. 그러나 지식이라는 것이 생사의 갈림길에 직면한 순간에는 아무 도움이 되지 않는다는 것을 깨달았을 때에는 이미 무사시는 쇄겸이 지닌 무서운 능력에 완전히 사로잡혀 있었다. 더욱이 무사시는 바이켄에게만 전력을 기울일 수 없었다. 등 뒤에서도 적이 다가오는 것을 느끼고 있었다.

바이켄은 의기양양했다. 쇠사슬을 조이면서 싱긋 회심의 미소까지 짓고 있는 듯했다. 무사시는 쇠사슬에 감겨 있는 칼을 놓을 순간을 가늠하고 있었다. 바이켄의 입에서 두 번째 기합 소리가 터져 나온 순간, 그의 왼손에 있던 낫이 무사시의 얼굴을 향해 날아왔다.

"앗!"

무사시는 오른손에 쥐고 있던 칼을 놓았다.

낫이 무사시의 머리 위로 스치고 지나가자 이번에는 추가 날아왔다. 추가 빗나가자 다시 낫이 날아왔다. 낫과 추, 무엇이든 몸을 피하는 것은 극히 위험했다. 왜냐하면 낫을 피하면 그 피한 위치를 향해 날아오는 추의 속도를 피할 수가 없었기 때문이었다. 무사시는 쉬지 않고 몸의 위치를 빠르게 바꿨다. 또 뒤에서 틈을 노리고 돌고 있는 다른 적도 대비해야 했다.

'마침내 지는 것인가.'

무사시의 몸은 점점 경직되고 있었다. 그것은 의식이 아닌 생리적인 것이었다. 진땀도 흐르지 않을 정도로 피부와 근육이 본능적으로 사투를 벌이고 있었다. 머리칼과 온몸의 털이 곤두섰다. 낫과 추에 대한 가장 좋은 전법은 나무를 방패로 사용하는 것이었지만 그 나무로 가까이 갈 틈이 없었다. 또 그 나무 뒤에도 적이 있었다. 어디선가 처절한 비명 소리가 들렸다.

"설마 이오리가?"

그러나 무사시는 뒤를 돌아볼 수가 없었다. 마음속으로만 애도할 수밖에 없었다. 그 순간에도 눈앞에 낫이 번쩍였고 추가 춤추듯 날아왔다.

"죽어라!"

바이켄의 목소리가 아니었다. 물론 무사시의 소리도 아니었다. 무사시의 등 뒤에서 누군가 그렇게 소리를 친 것이다.

"무사시 님, 무사시 님. 어찌 저깟 적에게 그리 애를 먹고 계십니까? 뒤에 있는 자들은 제가 맡겠습니다."

똑같은 목소리가 외치는 소리가 들렸다.

"죽어라, 짐승 같은 놈들!"

땅이 울리고 절규 소리가 들리더니 얼룩조릿대를 헤치며 달려가는 발소리가 들렸다. 아까부터 멀리 떨어져서 무사시를 돕고 있던 자가 마침내 그들을 물리치고 무사시의 등 뒤로 온 듯했다.

'누굴까?'

하지만 그것을 확인할 여유가 없었다. 등 뒤에 대해서 안심을 한 무사시는 눈앞에 있는 바이켄에게 정신을 집중할 수 있었다. 그러나 손에는 작은 칼 하나밖에 없었다. 대검은 바이켄의 쇠사슬에 빼앗겨 버렸다. 바이켄은 다가가려고 하면 이내 알아차리고 뒤로 펄쩍 물러섰다. 바이켄에게 가장 중요한 것은 적과 자신과의 거리였다. 낫과 추, 그리고 이분된 쇠사슬의 길이가 그의 무기가 가진 거리였다.

무사시로서는 그 거리보다 한 자 정도 멀어도 좋았고 또는 한 자 정도 가까이 들어와도 좋았다. 그러나 바이켄은 그걸 허용하지 않았다. 무사시는 그의 비술에 완전히 혀를 내둘렀다. 난공불락의 성을 공략하다 지쳐 버린 듯 피곤함을 느꼈다. 그러나 무사시는 싸우는 동안 바이켄의 신묘한 기술이 어디에서 기인하는지 간파했다. 그것은 이도류二刀流의 원리와 같은 것이었기 때문이었다. 쇠사슬은 한 줄이지만 추는 '우검'이며 낫은 '좌검'이었다. 바이켄은 그 두 가지를 한 몸처럼 사용하고 있었다.

"간파했다! 야에카기류!"

무사시는 그렇게 외치며 자신의 승리를 확신했다. 무사시는 펄쩍 뛰어 날아온 추로부터 다섯 자나 물러서면서 오른손으로 바꾸어 쥔 작은 칼을 바이켄에게 던졌다. 무사시를 쫓아 앞으로 뛰어오려고 하던 바이켄은 날아온 칼을 막아낼 것이 전혀 없었다. 바이켄이 깜짝 놀라 몸을 비틀자 칼은 빗나가서 저편의 나무뿌리에 꽂혔다. 그러나 바이켄이 갑자기 급격한 각도로 몸을 비틀자 추가 달린 쇠사슬이 자신의 몸을 한 바퀴 감고 말았다.

비장한 외침이 바이켄의 입에서 흘러나온 순간, 무사시는 바이켄을 향하여 온몸으로 부딪쳤다. 바이켄의 손이 칼자루를 잡으려는 찰라, 무사시의 손이 그의 손을 후려쳤다. 그가 놓친 칼자루는 어느 틈엔가 무사시의 손에 쥐여 있었다.

'아깝구나!'

무사시는 속으로 그렇게 외치며 바이켄을 그대로 칼로 내리쳤다. 칼은 번개를 맞은 생나무가 그대로 쪼개지듯 머리에서 늑골 부분까지 깊숙이 들어갔다.

"아아!"

누군가 뒤에서 탄성을 발하는 자가 있었다.

"가라타케와리唐竹割[9]를 처음으로 보았습니다."

"응?"

뒤를 돌아보자 한 젊은이가 넉 자쯤 되는 둥근 봉을 짚고 서 있었다. 떡 벌어진 어깨에 땀이 송골송골 맺힌 둥그런 얼굴이 흰 이를 보이며 웃고 있었다.

"아니?"

"젭니다. 정말 오랜만입니다."

"기소의 무소 곤노스케 님이 아니오?"

"놀라셨습니까?"

---

9 대나무를 세로로 베듯 사람을 베는 검법.

"뜻밖입니다."

"미쓰미네 산신께서 도우신 듯합니다. 또 돌아가신 어머님이 이끌어 주신 것이 아닐까 합니다."

"그러면 모친께서?"

"돌아가셨습니다."

무사시는 망연히 그렇게 이야기를 나누다 문득 생각난 듯 외쳤다.

"아, 이오리는?"

무사시의 눈길이 이오리의 모습을 찾는 듯하자 곤노스케가 위쪽을 가리키며 말했다.

"염려 마십시오. 제가 구하여 저쪽에 올라가 있게 했습니다."

이오리는 나무 위에서 두 사람을 물끄러미 내려다보고 있다가 문득 삼나무 숲 안쪽에서 개가 짖는 소리가 들려오자 눈을 들어 바라보았다.

"응?"

이오리는 손 그늘을 만들어 나무 위에서 맹견이 짖고 있는 쪽을 바라보았다. 저 멀리 안쪽에 있는 삼나무 숲 사이에서 습지로 이어지는 중간 쯤에 있는 작은 평지에 검은 개 한 마리가 눈에 들어왔다. 검은 개는 나무에 묶여 있었는데 옆에 있는 여자의 옷자락을 물어뜯고 있었다. 여자가 필사적으로 달아나려고 해도 개가 놓아 주지 않자 마침내 옷자락을 찢고 초원 쪽으로 도망치기 시작했다.

바이켄과 함께 와서 아까 삼나무 숲 속에서 이오리를 쫓던 중이 머리에서 피를 흘리면서 창을 지팡이 삼아 비틀거리며 여자의 앞에 걸어가고 있었다. 여자는 그를 추월해서 산기슭 쪽으로 달려 내려갔다.

"멍, 멍멍."

피 냄새를 머금은 바람에 흥분한 개가 발광하듯 울부짖는 소리는 메아리가 되어 사방으로 퍼져 나갔다.

마침내 목줄을 끊은 개는 여자가 달아난 쪽으로 질풍처럼 달려갔다. 부상을 입고 비틀거리며 걸어가던 중은 그 개가 자신에게 덤벼드는 줄 알고 갑자기 창으로 개의 얼굴을 후려쳤다. 창끝에 머리를 맞은 개의 얼굴이 약간 찢어졌다.

"깨갱!"

개는 옆길로 벗어나서 삼나무 숲 쪽으로 뛰어들었다. 더 이상 짖는 소리도 들리지 않고 모습도 보이지 않았다.

"스승님."

이오리가 위에서 소리쳤다.

"여자가 도망쳤어요, 여자가."

"이오리, 내려오너라."

"삼나무 숲 저쪽에서 부상을 당한 다른 중이 도망치고 있어요. 쫓아가지 않아도 괜찮아요?"

"그만 됐다."

이오리가 나무에서 내려왔을 때에 무사시는 무소 곤노스케에게 사건의 경위를 듣고 있었다.

"여자가 도망쳤다니, 분명 방금 말씀드린 오코란 여자가 틀림없습니다."

곤노스케는 어젯밤 그녀의 주막에서 잠시 잠을 자고 있는 사이에 그들의 흉계를 전부 들었던 것이다. 무사시는 깊이 감사를 하며 물었다.

"그럼 맨 처음, 숨어서 총을 쏘던 자를 죽인 것도 곤노스케 님입니까?"

"제가 아니고 이 봉입니다."

곤노스케는 웃으며 말했다.

"무사시 님의 실력을 잘 알고 있던 그들 중에 마침 철포를 가지고 있는 자가 있었습니다. 그래서 해가 뜨기 전에 미리 이곳에 와서 철포를 든 자의 뒤에 숨어 있다 뒤에서 이 봉으로 때려 죽인 것입니다."

두 사람은 근처에 죽어 있는 자들을 하나씩 조사해 보았다. 봉에 맞아 죽은 자가 일곱 명, 무사시의 칼에 죽은 자가 다섯 명이었다. 봉에 맞아 죽은 자가 더 많았다.

"우리 쪽에 잘못은 없다 해도 이곳은 성지인데 불문에 부칠 리가 없을 터이니 신지의 대관에게 알리는 것이 좋을 듯합니다. 우선 관음원으로 돌아갑시다."

그런데 관음원까지 가는 도중에 신령대관神領代官의 역인들이 계곡 다리에 있어 무사시 혼자 그들에게 가서 사건의 전말을 이야기했다. 역인들은 다소 의외인 듯한 표정으로 있다가 부하들에게 명령했다.

"포박하라."

무사시도 예상하지 못했던 일이어서 놀랐다. 무사시는 자신이 먼저 신고하고 나섰는데 이처럼 자신을 포박하는 처사는 지나치다고 생각했다.

"걸어라."

역인들은 무사시를 죄인 취급하였다.

무사시는 화를 냈지만 이미 늦었다. 역인들의 복장도 삼엄했지만 가는 도중에 곳곳에 무리를 지어 있는 포졸들의 수에 깜짝 놀랐다. 그렇게 문전 마을까지 오는 사이에 포졸들의 수는 백 명 이상이나 늘어나 있었다. 그들은 밧줄에 묶여 있는 무사시를 열 겹, 스무 겹으로 둘러싸서 걸어가고 있었다.

누명

"울지 말거라."

곤노스케는 우는 이오리의 얼굴을 품으로 끌어당겼다.

"사내 녀석이 울기는, 울지 말거라."

곤노스케가 이렇게 달래자 이오리가 말했다.

"사내니까 우는 거예요. 스승님이 붙잡혀 갔잖아요."

이오리는 곤노스케의 품에서 빠져 나오더니 하늘을 향해 입을 크게 벌리고 울었다.

"붙잡힌 게 아니다. 무사시 님은 자수하신 게다."

그렇게 말했지만 곤노스케도 은근히 불안했다. 계곡 다리까지 나와 있던 포졸들은 어딘지 무서운 살기를 띠고 있었고 무엇 때문인지 열명, 스무 명씩 조를 짜서 무리지어 있었다.

'정직하게 자수한 사람을 그렇게까지 대하지 않아도 될 것을.'

의심이 들기도 했다.

"자, 가자."

곤노스케가 이오리의 손을 잡아끌었다.

"싫어요."

이오리는 고개를 가로젓더니 더 울어야 직성이 풀릴 것처럼 계곡 다리에서 움직이지 않았다.

"빨리 오너라."

"싫어요. 스승님이 오시지 않으면 안 갈래요."

"무사시 님은 분명 곧 돌아오실 게다. 오지 않으면 두고 갈 테다."

이오리는 그래도 여전히 꼼짝하지 않았다. 바로 그때, 아까 본 검은 맹견이 삼나무 숲 근처에 고여 있는 피를 실컷 핥아 먹다가 싫증이 난 듯한 얼굴로 튀어나오더니 어디론가 달려갔다.

"앗, 아저씨!"

이오리는 곤노스케의 곁으로 달려갔다. 곤노스케는 이 작은 소년이 예전에 넓은 들판에 있는 외딴집에서 혼자 살았고, 아버지의 시신을 묻는데 혼자 힘으로 들 수 없어서 직접 간 칼로 두 토막 내려고 했을 만큼 대담하고 씩씩한 아이라는 사실을 모르고 있었다.

"울다 지쳤느냐?"

곤노스케는 이오리를 달랬다.

"무서웠지? 그럴 게다. 업어 주랴?"

곤노스케가 등을 돌리자 이오리는 울음을 그치고 곤노스케의 등에

폴싹 매달렸다.

축제는 어제로 끝이 났다. 그토록 많던 사람들은 빗자루로 나뭇잎을 쓸어 버린 듯 모두 산을 내려가서 미쓰미네 신사 경내와 문전 마을 부근은 한껏 고즈넉했다. 사람들이 남기고 간 도시락을 쌌던 대나무 껍질이나 종잇조각이 작은 회오리바람을 타고 공중을 날아다니고 있었다. 곤노스케가 지난밤에 나무 탁자를 빌려서 잤던 작은 주막 안을 기웃거리면서 지나가는데 등에 업힌 이오리가 속삭였다.

"아저씨! 아까 산에 있던 여자가 저 집에 있어요."

"그럴 게다."

곤노스케가 걸음을 멈추고 말했다.

"무사시 님이 아니라 저 여자가 붙잡혀야 하는 것을."

방금 집으로 도망쳐 온 오코는 돌아오자마자 분주히 돈과 패물 들을 모두 꾸려서 도망칠 준비를 하고 있었다. 그녀는 문득 문 앞에 서 있는 곤노스케를 발견하고 집 안에서 돌아보며 중얼거렸다.

"짐승 같은 놈."

이오리를 등에 업은 채 처마 밑에 서 있던 곤노스케는 오코의 원한에 찬 눈길을 보고 웃으며 말했다.

"도망칠 차비를 하시는가?"

안에 있던 오코가 발끈해서 나오며 소리쳤다.

"무슨 참견이야. 그보다 어이, 젊은 친구."

"왜 그러시는가?"

"아침엔 우리 뒤통수를 쳐서 무사시 편을 들더니 잘도 내 남편인 도지를 죽였지?"

"자업자득, 어쩔 도리가 없었네."

"잘 기억해 두마."

"어떻게 하겠는가?"

곤노스케가 말하자 등에 업혀 있던 이오리가 욕을 했다.

"나쁜 년!"

"……."

오코는 훌쩍 집 안으로 들어가더니 안에서 비웃었다.

"내가 나쁜 년이면 너희들은 평등방의 보장을 턴 도적들이 아니냐. 아니, 그 도적들의 부하들이지."

"뭐라?"

곤노스케는 이오리를 내려놓고 안으로 들어갔다.

"도적이라고?"

"뻔뻔하구나."

"다시 한 번 말해 봐라."

"두고 보면 알게 될 것이다."

"말해라!"

곤노스케가 달려들어 팔을 부여잡자 오코는 숨기고 있던 비수를 뽑아 곤노스케에게 달려들었다. 곤노스케는 왼손에 든 봉을 쓰지도 않고 비수를 빼앗은 다음 오코를 처마 아래로 내동댕이쳤다.

"여기 보물창고를 턴 도적이 있다!"

왜 그렇게 말하는지 알 수 없지만 오코는 그렇게 외치며 길가로 달려갔다. 곤노스케가 오코에게서 빼앗은 비수를 그녀의 등을 향해 던졌다. 비수가 오코의 폐를 꿰뚫자 그녀는 비명을 지르며 쓰러졌다. 그러자 어디에 숨어 있었는지 맹견 구로가 크게 짖으며 그녀의 몸을 덮치더니 상처에서 흘러나오는 피를 핥으며 하늘을 향해 음흉하게 울어 댔다.

"앗! 개의 눈이!"

이오리는 소스라치게 놀랐다. 그것은 미친개의 눈빛이었다. 하지만 개의 눈만 이상한 것이 아니었다. 이곳 산 위에 있는 사람들은 오늘 아침부터 모두 미친개의 눈을 하고 무슨 일이 있는지 소란을 떨고 있었다. 어제 한밤중부터 오늘 아침 사이에 축제의 혼잡한 틈을 타서 누군가 평등방의 보물창고인 보장을 털었던 것이다.

외부인의 소행임이 분명했다. 보물창고 속에 있던 고검古劍과 거울 같은 물건들은 없어지지 않았지만 오랫동안 비축해 온 사금과 선철, 돈이 모두 없어졌던 것이다. 단순히 풍문 같지는 않았다. 방금 전, 산 위에 그처럼 많은 포졸들이 깔려 있던 이유도 그 때문인지 몰랐다. 방금 오코가 길가에서 지른 고함 소리를 듣고 근처 사람들이 우르르 몰려든 것을 봐서 분명한 사실인 듯했다.

"여기다. 이 안이다."

"보물창고를 턴 도적이 이리 숨어들었다."

사람들이 멀리서 에워싸고 돌을 주워 집 안으로 던지기 시작하였다. 그것을 보더라도 이곳 산 위의 사람들이 여간 흥분한 것이 아님이 알 수 있었다. 곤노스케와 이오리는 산등성이를 타고 겨우 도망쳐 나왔다. 그곳은 지치부에서 이루마^{入間} 강 쪽으로 내려가는 쇼마루^{正丸} 고개 위였다. 이곳까지 도망쳐 오자 보물창고를 턴 도적의 잔당인 줄 알고 죽창과 철포를 들고 쫓아오던 사람들의 모습도 보이지 않았다.

곤노스케와 이오리는 이제 안전했지만 무사시의 안부는 알 수가 없었다. 아니, 더욱 불안해졌다. 이제 와서 생각해 보니 무사시는 보물창고를 턴 도적으로 지치부의 감옥으로 끌려간 것이 틀림없었다.

"아저씨, 무사시노 들판이 저 멀리 보여요. 그런데 스승님은 어떻게 됐을까요? 아직 포졸들에게 붙잡혀 있는 게 아닐까요?"

"글쎄다. 지치부의 감옥으로 압송되어 지금은 곤혹을 치르고 있을 듯하구나."

"아저씨, 스승님을 구할 수 있을까요?"

"구할 수 있고말고. 아무 죄도 없지 않느냐."

"제발 스승님을 구해 주세요. 이렇게 부탁드려요."

"무사시 님은 내게도 스승이나 다름없는 분이니 부탁하지 않아도 반드시 도와드릴 생각이다."

"예."

"네가 곁에 있으면 방해가 될 것이다. 여기까지 왔으니 무사시노 들판의 초암으로 혼자서 돌아갈 수 있지?"

"갈 수는 있지만……."

"그럼 혼자 먼저 돌아가거라."

"아저씨는요?"

"나는 지치부로 가서 무사시 님의 상황을 살펴야겠다. 만일 포졸들이 덮어 놓고 무사시 님을 계속 감옥에 가둬 둔 채 누명을 뒤집어씌우려고 한다면 파옥破獄을 해서라도 구해 내겠다."

곤노스케는 그렇게 말하고 들고 있던 봉으로 땅을 쿵 하고 굴렀다. 그 봉의 위력을 잘 알고 있었던 이오리는 두말없이 고개를 끄덕이고 곤노스케와 헤어져 무사시노의 초암으로 돌아가기로 했다.

"아주 똑똑하구나."

곤노스케는 칭찬을 하고 다시 타일렀다.

"무사히 무사시 님을 구출해서 함께 돌아올 때까지 얌전히 초암에서 기다려야 한다."

곤노스케는 그렇게 말하고는 봉을 옆구리에 끼고 지치부로 향했다.

혼자 남겨진 이오리는 조금도 외롭지 않았다. 이오리는 본래 광야에서 자랐고 미쓰미네로 올 때와 같은 길로 되돌아가는 것이어서 길을 잃을 걱정도 없었다. 다만 조금 졸렸다. 미쓰미네에서 산등성이를 타고 도망쳐 오는 동안 어젯밤에는 한잠도 자지 못했다. 밤과 버섯, 새 고기로 허기를 채웠지만 고갯마루에 이를 때까지 한잠도 자지 못했다. 따스한 가을 햇살을 받으며 꾸벅꾸벅 졸면서 걷던 이오리는 이윽고 사카모토坂本까지 이르자 마침내 길옆 풀 속으로 들어가 드러눕고 말았다. 이오리의 몸은 부처님 형상을 새긴 돌 그늘에 가려져 있었다. 이윽고 그 돌에 석양빛이 엷게 비칠 무렵, 돌 앞에서 누군가 소곤소곤 이야기하는 소리가 들렸다. 문득 그 소리에 잠에서 깬 이오리는 갑자기 뛰어나가면 그 사람들이 놀랄 것 같아서 계속 자는 체했다.

한 명은 돌 위에, 또 한 명은 그루터기에 걸터앉아 잠시 쉬고 있는 모양이었다. 조금 떨어진 곳에 있는 나무에 두 사람이 타고 온 듯한 두 마리 짐말이 매어져 있었다. 안장 옆에는 옻칠을 한 상자 두 개가 실려 있었는데 한쪽 상자에는 '니시마루西丸 개축 공사, 야슈野州 옻칠'이라고 명찰에 쓰여 있었다. 그 명찰로 보아 두 명의 무사는 에도 성의 개축에 관계가 있는 도편수의 부하이거나 옻칠을 감독하는 자의 부하인 듯싶었다.

그런데 이오리가 풀숲에서 몰래 엿본 바로는 두 사람 모두 다부진 얼굴을 하고 있어서 느긋한 장인들의 얼굴이나 골격과는 어딘지 달라 보였다. 한 명은 오십이 넘은 늙은 무사였는데 몸집이나 근육은 젊은 사람을 능가할 만큼 건장했다. 삿갓에 쓰여 있는 관費이라는 글자가 석양빛을 강하게 반사하고 있어서 삿갓 아래 얼굴은 어두워서 잘 보이지 않았다.

또 그와 마주하고 있는 무사는 열일고여덟의 마른 청년이었는데 앞으로 내린 머리가 잘 어울리는 얼굴을 소방나무의 검붉은 물감을 들인 천으로 가리고 있었는데, 뭔가 고개를 끄덕이며 싱긋 웃어 보이고 있었다.

"아버님, 어떻습니까? 옻칠 상자를 이용하자는 생각이 그대로 들어맞지 않았습니까?"

젊은이가 말하자 삿갓을 쓴 늙은 무사가 맞장구를 쳤다.

"너도 솜씨가 꽤 많이 늘었구나. 이 천하의 다이조도 옻칠 상자는 생각하지 못했다."

"모두 아버님의 엄한 가르침 덕분입니다."

"놀리지 말거라. 앞으로 사오 년쯤 지나면 그때는 나를 능가할지도 모르겠구나."

"그거야 당연히 그렇게 되겠지요. 젊은 사람은 자라기 마련이고 늙어 가는 사람은 아무리 애를 써도 결국 나이를 먹기 마련이니까요."

"네가 보기에도 내가 초조하고 애를 쓰는 듯 보이느냐?"

"이런 말씀을 드려서 죄송하지만, 남은 세월이 많지 않음을 알고 일을 이루고자 하는 마음이 안타깝게 느껴집니다."

"내 마음을 꿰뚫어 볼 만큼 너도 어느새 훌륭한 젊은이가 됐구나."

"이제 그만 가시지요."

"그래. 발밑이 어두워지기 전에 어서 가자."

"불길한 말씀, 아직 발밑은 환합니다."

"하하하, 젊은 사람답지 않게 그런 것을 따지는구나."

"그야 아직 이 길로 들어선 지 얼마 되지 않아서 배짱이 부족한 탓이겠지요. 바람 소리만 들려도 어쩐지 가슴이 두근두근합니다."

"그건 자신의 행동을 단순히 도적과 같다고 생각하기 때문이다. 천하를 위해서라고 생각하면 두려운 마음 따윈 생기지 않을 게다."

"늘 그렇게 말씀하셔서 저도 그렇게 생각해 보곤 하지만 역시 도둑질인 것은 분명합니다. 그래서 어쩐지 께름칙한 느낌을 지울 수 없습니다."

"나약한 소리."

나이가 든 삿갓 쓴 사내도 자신의 마음속에 얼마간 그런 께름칙함이 있는 듯, 젊은이에게 말하는지 자신에게 말하는지 모르게 혼자 중얼거리더니 옻칠 상자를 매단 안장 위로 올라탔다. 천으로 얼굴을 가린 젊은이도 날래게 안장 위로 올라타더니 앞서 출발하려는 늙은 무사의 말을 앞질러 나가며 말했다.

"제가 앞장서겠습니다. 무슨 일이 있으면 신호를 보낼 테니 방심하지 마십시오."

두 사람은 말을 타고 무사시노 쪽을 향해 나 있는 내리막길을 내려가기 시작하더니 이윽고 말머리도 삿갓도 노을 속으로 사라졌다.

옻칠
상자

돌 뒤에 누워 있던 이오리는 뜻하지 않게 두 사람의 이야기를 엿듣고 좀 이상하다고 느꼈을 뿐 그 뜻은 알 수가 없었다. 두 사람이 말을 타고 떠나자 이오리도 이내 뒤따라 걷기 시작했다. 앞서 가던 두 사람이 수상한 듯 한두 번 뒤를 돌아보았지만 이오리의 나이와 모습을 보더니 경계할 필요가 없다고 생각한 듯 그 후로는 전혀 개의치 않는 듯했다. 이윽고 밤이 되자 앞뒤를 분간할 수 없이 어두워졌고 길도 무사시노 들판으로 이르기까지 내리막길이 계속되었다.

"아버님, 저기 오기마치야扇町屋의 등불이 보이기 시작했습니다."

수건으로 얼굴을 가린 젊은이가 안장 위에서 손으로 가리킬 때에는 길도 겨우 평탄해졌다. 앞쪽 평야의 어둠 속에서 이루마 강물이 머리를 풀어헤치고 구불구불 흘러가고 있었다. 앞서 가는 두 사람은 아무런 경계심도 없는 듯했지만 뒤에서 걸어가는 이오리는 세심한 주의를 기울이며 의심을 받지 않도록 조심하고 있었다.

'저 두 명은 도적이 분명해.'

이오리는 그렇게 확신하고 있었다. 도적이 얼마나 무서운지 이오리는 잘 알고 있었다. 자신이 태어난 호덴 마을에 비적들이 한 해 걸러 쳐들어와서 계란이나 콩 한쪽도 남기지 않고 빼앗아 갔던 그 비참했던 상황을 기억하고 있었다. 또 어려서부터 도둑들은 태연하게 사람을 죽인다는 막연한 관념이 머릿속에 들러붙어 있었기 때문에 발각되면 죽임을 당하고 말 것이라는 선입관도 있었다.

이오리는 그렇게 무서워하면서도 옆길로 빠지지 않고 오히려 그들 뒤에 바싹 붙어서 따라가고 있었다. 그 이유는 간단했다.

'미쓰미네 신사의 보물창고를 부수고 보물을 훔친 도적은 분명 저 둘이다.'

이오리는 그렇게 믿고 있었던 것이다. 아까 바위 뒤에서 수상하다는 생각이 든 순간, 뇌리에 그런 생각이 스치고 가자 이오리는 망설이지 않고 직감적으로 행동했다.

이윽고 이오리와 짐을 실은 말이 오기마치야 거리로 접어들었다. 뒤에 있는 말을 탄 삿갓 쓴 사내가 앞서가는 젊은이를 보고 손짓을 하더니 말했다.

"조타로, 이 근처에서 뭘 좀 먹고 가도록 하자. 말한테도 먹이를 줘야 하고 나도 담배 한 대 피우고 싶구나."

두 사람은 희미한 등불이 새어 나오는 주막 바깥에 말을 매어 놓고 안으로 들어갔다. 젊은 사내는 입구 끝에 앉아서 밥을 먹으면서도 연신 짐을 실은 말을 감시하더니 밥을 다 먹자 이내 밖으로 나와 이번에는 말에게 건초로 만든 여물을 먹였다. 그동안 이오리는 밖에서 군것질을 하고 있었는데 두 사람이 주막거리에서 떠나는 모습을 보고는 입을 오물거리면서 뒤를 쫓아갔다. 길은 다시 어두워졌지만 무사시노 들판 평지였다. 두 사람은 말 위에서 이따금 이야기를 나누곤 했다.

"조타로."

"예."

"기소 쪽에 미리 파발은 보냈느냐?"

"예, 보냈습니다."

"그럼 오늘 밤 기소 쪽 사람들이 구비즈카首塚[10]의 소나무에 와서 기다리고 있겠군."

"그럴 겁니다."

"시간은?"

"한밤중이라고 했으니까 지금부터 가면 시간이 맞을 겁니다."

늙은 무사는 젊은이를 조타로라고 불렀고 젊은이는 그를 아버님이라고 부르고 있었다.

'저 도적들은 부자지간인가?'

그런 생각이 들자 이오리는 더욱 무서워졌다. 그리고 자신의 힘으로는 도저히 저들을 사로잡을 수 없으니 집을 알아 놓고 나중에 관가에

---

10 전사한 병사나 처형된 자의 머리를 모아 매장한 무덤을 일컫는다.

이야기하면 스승에게 죄가 없음이 밝혀지고 풀려날 것이라고 생각했다. 이오리의 생각처럼 일이 그렇게 잘 풀릴지 의문이지만, 저들이 미쓰미네 보물창고를 턴 도적이라고 생각한 직감은 틀린 것이 아닌 듯했다. 주위에 아무도 없다고 여긴 두 사람이 큰 소리로 주고받는 이야기나 행동거지를 보면 의심스러운 점이 한둘이 아니었다.

강 건너 마을은 늪처럼 깊은 잠에 빠져 있었다. 말 두 마리는 불빛도 없는 거리를 지나 구비즈카 언덕으로 올라갔다. 오르막길 입구에 '구비즈카 소나무, 이 위'라고 적힌 이정표 바위가 있었다.

이오리는 거기서부터 절벽 안쪽으로 숨어들었다. 언덕 위에 커다란 소나무 한 그루가 서 있는 것이 보였고 말 한 필이 매어져 있었다. 그리고 소나무 아래에 여장 차림을 한 세 명의 낭인이 양손으로 무릎을 감싸고 목이 빠져라 누군가를 기다리고 있었다. 세 명이 벌떡 일어나며 외쳤다.

"아, 다이조 님이다."

그들은 말을 타고 언덕으로 올라온 두 사람을 맞이하고는 서로 무사한 것을 기뻐하며 친밀하게 이야기를 나눴다.

이윽고 그들은 밤이 새기 전에 무슨 일인가를 끝내려는 듯 다이조의 지시에 따라 소나무 아래에 있는 커다란 돌을 젖히고 한 사람이 괭이를 들고 파기 시작하자 흙 속에 금과 은이 모습을 드러냈다. 훔칠 때마다 그곳에 숨겨 놓았는지 실로 엄청난 양이었다.

앞머리를 내리고 수건으로 얼굴을 가린 조타로도 이곳까지 타고 온 말 등에서 옻칠 상자를 모두 내린 다음 뚜껑을 부수고 안에 있던 물건을 흙 위에 쏟았다. 옻칠 상자에서 나온 것은 옻이 아니었다. 미쓰미네 신사의 창고에서 자취를 감춘 사금沙金과 선철銑鐵 등속이었다. 구덩이 속에서 파낸 것과 합치면 몇만 냥은 족히 될 금과 은이 수북이 쌓였다.

그들은 그것을 몇 개의 가마니에 나누어 담더니 말 세 마리의 등에 단단히 붙들어 맸다. 텅 빈 상자와 필요 없게 된 물건들을 모두 구덩이 속에 넣고 흙으로 깨끗하게 덮어 버렸다.

"이걸로 됐다, 됐어. 아직 날이 밝으려면 시간이 꽤 있으니 담배나 한 대 피울까."

다이조가 그렇게 말하고 소나무 밑동에 주저앉자 나머지 네 명도 땅을 고르고 빙 둘러앉았다.

기소의 약재상 다이조가 신심信心 편력이라는 미명 아래 나라이를 떠난 지 사 년째였다. 그의 족적은 간토 지방 구석구석, 신사와 사찰이 있는 곳이라면 나라이 다이조의 이름이 걸려 있지 않은 곳이 없을 정도였지만 그 돈이 어디에서 나는지는 아무도 알지 못했다.

그뿐 아니라 다이조는 작년부터는 에도 성 아래의 시바 부근에 거처를 마련하고 전당포를 열었다. 그리고는 마을에서 구성한 오가작통의 일원이 되어 주민들의 신망도 두터웠다. 하지만 그는 지난번에 혼이덴 마타하치를 시바우라의 먼 바다로 데리고 가서 새로운 장군인 히데타다를 암살하지 않겠느냐며 돈으로 꼬드겼다. 그리고 이번에는 미쓰미네 신사의 축제를 틈타 그곳의 금은을 훔쳐 낸 후, 몇 년 간 소나무 아래에 있는 구비즈카에 묻어 두었던 돈과 함께 가마니에 넣어서 세 마리의 말 등에 잔뜩 실었다.

세상은 무섭고, 알 수 없는 것은 사람의 겉과 속이었다. 그리고 지금쯤 마타하치는 분명 에도 성 안에 있을 터였다. 그는 다이조와 약속한 대로 회화나무 아래에 묻어 놓은 철포를 파내서 장군 히데타다를 저격할 날을 기다리고 있을 터였다. 그것이 자기파멸의 길인지도 모르고 말이다.

어찌 됐든 다이조는 수상한 인물이었다. 마타하치와 같은 경솔한 자가 속절없이 그에게 넘어간 것은 어쩌면 당연한 일인지도 몰랐다. 아케미도 지금은 그의 첩 신세가 되어 버렸고, 더 놀라운 것은 무사시가 몇 년 동안 제자로 데리고 있던 조타로는 열여덟 살의 건장한 청년이 되었는데 다이조를 아버님이라고 부르고 있다는 사실이었다. 어떤 목적이든 조타로가 도적인 그를 섬기며 아버님이라 부르고 있는 사실을 안다면 무사시보다 오츠가 얼마나 통곡을 할지 충분히 짐작할 수 있었다.

한편, 소나무 아래에 빙 둘러앉아 있던 다섯 명은 반 시각 가깝게 이런저런 의논을 하더니 다이조는 이쯤에서 기소로 자취를 감추고 에도로는 돌아가지 않는 편이 안전할 것이라는 결론을 내렸다. 그러나 시바芝에 있는 전당포에는 가재도구는 제쳐 두고라도 불태워 없애 버려야 할 문서들도 있었고 아케미도 남겨 두고 왔기 때문에 누구 한 명은 그 뒤처리를 하러 가지 않으면 안 됐다.

"조타로가 좋겠군. 그런 일은 조타로를 보내는 게 가장 좋은 방법입니다."

그들은 이구동성으로 결정해 버렸다.

이윽고 가마니를 실은 말 세 마리와 다이조를 포함한 네 명의 기소 사내들은 날이 밝기 전의 어둠을 틈타 고슈지甲州路 쪽으로 빠져나갔고, 조타로는 혼자서 에도 쪽을 향해 떠났다.

새벽녘의 샛별이 아직도 밝게 빛나고 있는 언덕 위로 사람들이 모두 떠나자 이오리가 모습을 나타냈다.

"흐음, 누구를 쫓아가야 하지?"

이오리는 결단을 내리지 못하고 옻칠을 한 빈 상자 속처럼 어둠에 싸인 사방을 두리번거렸다.

두
제자

가을 하늘은 오늘도 청명했고 강한 햇살이 피부 속으로 스며드는 듯했다. 도둑들은 대개 이렇게 맑고 청아한 하늘 아래를 떳떳하게 걷지 못할 듯싶지만 조타로에게 그런 어두운 그림자는 조금도 찾아볼 수 없었다.

조타로는 마치 이제부터 큰 뜻을 펼치고자 하는 이상을 품은 청년처럼 한낮의 무사시노 들판을 의기양양하게 걸어가고 있었다. 다만 때때로 무언가 마음에 걸리는 게 있는지 뒤를 돌아보곤 했다. 오늘 아침 가와고에川越를 떠날 때부터 묘한 아이가 슬금슬금 자신을 따라오고 있었기 때문이었다. 하지만 그것도 겁을 먹은 눈은 아니었다.

'길을 잃었나?'

그런 생각이 들기도 했지만 길을 잃을 만큼 어리숙해 보이는 얼굴은 아니었다.

'나한테 무슨 볼일이 있는 걸까?'

일부러 걸음을 멈추고 기다리면 소년은 어디론가 자취를 감춰 버리고 자신을 앞서가지도 않았다.

조타로는 마음을 놓아서는 안 되겠다고 생각하고 일부러 길이 없는 참억새 속에 숨어서 소년의 행동을 살피고 있었다. 그러자 앞서 가던 자신의 모습을 놓친 소년이 몹시 당황하며 뛰어오더니 사방을 두리번거리며 자신을 찾고 있는 듯했다. 조타로는 어제처럼 수건으로 얼굴을 가리고 있다가 참억새 속에서 벌떡 일어서서 소리를 질렀다.

"꼬마야!"

불과 사오 년 전까지는 자신이 꼬마라고 불렸지만 어느새 지금은 다른 사람을 그렇게 부를 만큼 조타로는 키가 훌쩍 자랐다.

"앗!"

깜짝 놀란 이오리가 달아나려고 하다가 어차피 도망칠 수 없다는 것을 깨닫고 태연한 얼굴로 일부러 성큼성큼 앞으로 걸어갔다.

"꼬마야, 어디까지 가는 거냐? 기다리거라."

"무슨 일이죠?"

"일은 네가 나한테 있는 것 같은데. 내 뒤를 따라온 게 분명하다. 누구의 부탁을 받았는지 말해."

이오리는 고개를 저으며 말했다.

"난 주니소十二社의 나카노中野 마을로 돌아가는 길이에요."

"거짓말. 분명 내 뒤를 미행한 게 틀림없다. 누구의 부탁을 받았는지 말해라."

"몰라요."

조타로는 슬금슬금 뒷걸음질 치는 이오리의 멱살을 잡아서 당기며 말했다.

"말해."

"난 아무것도 몰라요."

"이놈이."

조타로는 이오리의 멱살을 더 세게 잡으며 소리쳤다.

"넌 분명 관아의 첩자거나 누군가의 부탁을 받은 게 분명하다. 첩자지? 아니 첩자의 자식이지?"

"내가 첩자의 아들처럼 보이면 넌 도둑이야?"

"뭐라고?"

조타로가 깜짝 놀라며 노려보자 이오리는 조타로의 손을 뿌리치고 목과 몸을 밑으로 숙이더니 잽싸게 저편으로 도망을 쳤다.

"저놈이."

조타로가 뒤를 쫓아갔다. 수풀 저편에 벌집을 늘어놓은 것 같은 초가지붕 몇 채가 보였다. 노비도메野火止의 부락이었다. 그곳에 대장장이가 살고 있는 듯 어딘가에서 쇠를 두드리는 소리가 한가롭게 들려왔다. 붉은 풀뿌리 근처 땅에는 두더지가 파헤쳤는지 흙이 말라 있었고 민가의 처마에 널어놓은 빨래에선 물방울이 뚝뚝 떨어지고 있었다.

"도둑이다! 도둑이야!"

길가에서 큰 소리로 외치는 아이가 있었다. 곶감이 매달려 있는 처마 아래와 어두운 마구간 옆에서 사람들이 우르르 몰려나왔다. 이오리는 사람들을 향해 손을 내저으며 소리를 질렀다.

"저기서 나를 쫓아오는 수건을 두른 남자는 지치부에서 절의 보물 창고를 턴 도적 중 한 명이니 모두 나와서 잡아 주세요. 왔다, 왔어요."

부락 사람들은 당돌한 그의 고함 소리에 처음에는 무슨 영문인지 멍하게 서 있었지만 이오리가 손으로 가리키는 곳을 보니 정말 수건으로 얼굴을 가린 젊은 무사가 이쪽으로 달려오고 있었다. 하지만 농부들이 가까이 달려오는 젊은이를 그저 멍하게 바라만 보자 이오리는 다시 외쳤다.

"도적이다. 거짓말이 아니에요. 정말 저자는 도적과 한패예요. 빨리 붙잡지 않으면 도망쳐 버릴 거예요!"

이오리는 그렇게 의기소침한 병사들을 지휘하는 장군처럼 소리를 질렀지만 부락 사람들은 좀처럼 반응을 보이지 않았다.

태평한 얼굴을 한 농부들은 이오리가 외치는 소리를 듣고 당황한 눈빛으로 주저주저하며 수수방관하고 있었다. 그러는 동안 조타로의 모습이 바로 눈앞까지 다가오자 이오리는 다람쥐처럼 재빨리 어딘가로 숨어 버렸다. 조타로는 그것을 아는지 모르는지 길의 양쪽에 쭉 늘어선 부락 사람들을 바라보면서 발걸음을 늦추고 누구든 참견을 하면 가만두지 않겠다는 듯 천천히 지나갔다.

부락 사람들은 숨을 죽이고 조타로의 모습을 지켜보고 있었다. 보물 창고를 턴 도적이라고 외치는 소리를 들어서 얼마나 흉악한 도적일 까 하고 생각했지만 뜻밖에도 아직 열일곱 혹은 열여덟밖에 되지 않 는 늠름한 청년이었다. 그래서 사람들은 아까 소리를 지른 아이가 장 난을 친 게 아닌가 하고 생각할 정도였다.

한편 이오리는 아무리 목이 터져라 외쳐도 사람들이 도적을 잡으려 고 하지 않자 비겁한 어른들이 미워졌다. 그렇다고 자신의 힘으로는 어떻게 할 수도 없었기 때문에 빨리 나카노의 초암으로 돌아가서 부 근의 착한 사람들에게 알리고 관가에 신고해서 붙잡는 게 좋다고 생 각했다. 이오리는 노비도메 부락의 뒷길로 해서 밭을 지나 길도 없는 수풀 속으로 걸음을 재촉했다.

얼마 후, 눈에 익은 삼나무 숲이 저편으로 보였다. 이제 열 정町만 가 면 예전에 폭풍이 몰아칠 때 무너진 초암 터가 나타날 것이라며 용기 를 내서 다시 달리기 시작했다. 그런데 앞쪽에서 양손을 한껏 벌리고 서 있는 사람이 있었다. 옆길에서 갑자기 나타난 조타로였다. 이오리 는 순간 가슴이 섬뜩했지만 더 이상 도망쳐도 소용이 없다고 생각하 고 뒤로 펄쩍 물러서면서 허리에 차고 있던 칼을 뽑아 들고 소리쳤다.

"에잇, 덤벼라."

이오리가 칼을 뽑아 들었지만 조타로는 꼬마라고 무시하고 목덜미 를 붙잡으려 맨손으로 덤벼들었다.

"이얍!"

이오리는 기합을 넣으며 조타로의 손을 벗어나 열 자 정도 옆으로 몸을 날려 피했다.

"쥐새끼 같은 놈!"

조타로는 얼굴을 찡그리며 쫓아가다가 문득 오른손 끝에서 따뜻한 액체가 뚝뚝 떨어지는 것을 느끼고 팔을 들어보았다. 팔꿈치 부근에 두 치 정도 칼자국이 나 있었다.

"이놈이!"

조타로는 정신을 차리고 노려보았다. 이오리도 평소 무사시에게 배운 대로 칼을 겨누었다. 두 눈이 서로를 응시했다. 항상 무사시가 강조하며 말하던 힘이 무의식중에 이오리의 눈에 어려 있었다. 이오리의 얼굴은 눈밖에 보이지 않는 듯했다.

"살려 두어서는 안 되겠군."

눈싸움에서 진 것처럼 조타로가 그렇게 중얼거리며 허리에 찬 긴 칼을 뽑았을 때였다. 그때까지도 설마 하며 얕잡아 보고 있던 이오리가 처음에 적의 팔꿈치를 벤 것에 자신감을 가진 듯 칼을 번쩍 치켜들더니 달려들었다. 칼을 들고 달려드는 방법도 평소에 무사시에게 달려들던 모습과 똑같았다. 조타로는 그 칼을 막아냈지만 팔에도, 정신적으로도 심한 압박감을 느꼈음이 분명했다.

"건방진 녀석!"

조타로도 전력을 다하고 있었다. 특히 자신들의 안위를 위해서라도 보물을 훔친 사실을 알고 있는 꼬마를 더 이상 살려 둘 수 없었다.

조타로는 필사적으로 공격해 오는 이오리의 공격을 흘리며 정면에서 한 칼로 내려치려고 힘으로 밀고 나갔다. 하지만 이오리는 조타로보다 훨씬 민첩했다.

'재빠른 놈이다!'

조타로는 긴장했다. 그러는 사이에 이오리가 갑자기 달리기 시작했다. 도망치는구나 생각하면 멈춰 서서 다시 공격을 해왔다. 조타로가 공격을 하면 교묘하게 그것을 피하고 다시금 도망쳤다. 이오리는 현명하게 그런 식으로 조금씩 적을 마을 쪽으로 유인해 가려는 듯했다. 마침내 옛 초암이 있었던 자리까지 조타로를 끌고 왔다.

해는 벌써 기울어져서 숲속에는 땅거미가 내리고 있었다. 조타로는 먼저 숲 속으로 뛰어든 이오리의 뒤를 쫓아왔지만 이오리의 모습이 눈에 띄지 않자 한숨을 돌리면서 사방을 두리번거렸다.

"이놈, 어디로 숨었느냐?"

그러자 바로 옆에 있는 큰 나무의 가지 위쪽에서 나무껍질과 나뭇잎이 팔랑팔랑 목덜미로 떨어졌다.

"저기 있군."

조타로는 위쪽을 쳐다보며 소리쳤다. 무성한 나뭇가지 사이로 보이는 캄캄한 하늘에는 하얀 별만 보였다. 나무 위에서는 아무 소리도 나지 않고 이슬만 떨어졌다. 조타로는 한동안 생각을 하더니 이오리가 저 위로 도망친 것이 분명하다고 여기고 커다란 나무를 두 팔로 얼싸안더니 조심조심 타고 올라가기 시작했다. 과연 나무 위에서 무엇인가 움직였다. 이오리는 조타로가 올라오자 원숭이처럼 나뭇가지 끝으로 기어갔다.

"이놈."

"……."

이오리는 나뭇가지에 걸터앉아서 원숭이처럼 웅크리고 있었다. 조타로는 밑에서 슬금슬금 거리를 좁혀 오고 있었다. 하지만 이오리가 끝까지 아무 말도 하지 않자 손을 뻗어 발목을 잡으려고 했다.

"……."

이오리가 여전히 입을 다문 채 바로 위에 있는 가지로 올라가자 조타로는 이오리가 있던 가지를 양손으로 잡고 몸을 쭉 뻗었다. 그 순간, 이오리는 기다리고 있었다는 듯 오른손에 들고 있던 칼로 가지를 내리쳤다.

"이얏!"

이오리가 칼로 내리친 순간, 조타로의 체중까지 실린 나뭇가지는 우지끈 소리를 내더니 조타로와 함께 땅으로 떨어졌다.

"도적아, 맛이 어떠냐?"

이오리가 나무 위에서 소리쳤다. 나뭇가지는 다른 나뭇가지에 걸리면서 땅으로 떨어졌기 때문에 조타로는 그대로 떨어지지는 않았다.

"네 이놈, 어디 두고 보자!"

조타로는 다시 나무 위를 노려보더니 이번에는 표범이 나무를 타듯 무서운 기세로 이오리의 발밑을 향해 기어 올라갔다.

이오리는 밑에 있는 나뭇가지들을 향해 칼을 마구 휘둘렀다. 양손을 쓸 수 없는 조타로도 함부로 가까이 갈 수가 없었다. 이오리는 몸집은 작았지만 지혜가 있었다. 조타로는 나이가 많은 만큼 상대를 얕잡아 보고 있었다. 이런 나무 위에서라면 언제까지나 결판이 날 것 같지 않았다. 아니, 몸집이 작은 이오리가 위치로 보아서 오히려 유리한 편이었다.

그러는 사이에 이곳 숲에 있는 삼나무 가로수 쪽에서 피리를 부는 사람이 있었다. 하지만 그의 모습은 보이지 않았고 어디에서 부는 건지 가늠할 수도 없지만, 피리 소리가 두 사람의 귀에 들리는 것으로 보아서는 근처 어딘가에 있는 것은 분명했다. 이오리와 조타로는 피리 소리를 듣자 잠시 싸움을 멈추고 캄캄한 나뭇가지 위에서 호흡을 가다듬었다.

"꼬마야."

조타로는 이번에는 다소 타이르는 말투로 말했다.

"보기보단 용감한 듯하니 칭찬받을 만하구나. 누구의 부탁을 받고 내 뒤를 밟았는지 그것만 말한다면 목숨만은 살려 주마. 어떠냐?"

"거짓말."

"뭐라고?"

"이래 봬도 나는 미야모토 무사시의 첫 번째 제자인 미사와 이오리이다. 도적에게 목숨을 구걸하면 스승님의 이름을 더럽히는 것이다. 거짓말하지 마라."

조타로는 소스라치게 놀랐다. 아까 나무 위에서 땅 위로 떨어졌을 때보다 더 놀랐다. 너무나 놀라 자신의 귀를 의심할 지경이었다.

"뭐, 뭐라고? 다시 한 번 말해 봐라. 다시 한 번."

그렇게 되묻는 조타로의 목소리가 몹시 떨려서 이오리는 더욱 기가 살았다.

"잘 들어라. 미야모토 무사시의 첫 번째 제자, 미사와 이오리란 말이다. 놀랐냐?

"정말 놀랐다."

조타로는 솔직하게 인정하더니 의심과 친밀함이 반씩 섞인 말투로 물었다.

"꼬마야, 스승님은 건강하시냐? 그리고 지금 어디 계시느냐?"

"뭐라고?"

이번에는 이오리가 이상한 듯 슬금슬금 다가오는 그를 피하면서 말했다.

"스승님이라고? 무사시 님은 도적을 제자로 두지 않는다."

"도적이라니 듣기 거북하구나. 이 조타로는 그런 나쁜 사람이 아니다."

"뭐, 조타로?"

"네가 정말로 무사시 님의 제자라면 내 이야기를 들은 적이 있을 게다. 내가 너처럼 어릴 적에 여러 해 동안 무사시 님을 스승으로 모시고 있었다."

"거짓말, 거짓말 하지 마."

"정말이다."

"그런 속임수에 넘어갈까 봐."

"정말이라니까."

조타로는 스승인 무사시에게 품고 있는 평소의 열정을 그대로 드러내며 갑자기 이오리의 곁으로 다가가서 어깨를 감싸 안으려 했다.

이오리는 조타로가 손을 뻗어 자신의 몸을 감싸며 우리 둘은 형제이자 제자라고 한 말을 믿을 수 없었다. 그래서 이오리는 아직 칼집에 넣지 않았던 칼로 조타로의 옆구리를 찌르려고 했다.

"잠깐, 잠깐만."

조타로는 몸이 부자연스러운 나뭇가지 사이에서 아슬아슬하게 이오리의 손목을 붙잡았다. 하지만 그 순간, 나뭇가지에서 손을 뗀 이오리가 온몸으로 달려들자 조타로는 이오리의 목덜미를 부여잡고 나뭇가지를 딛고 일어섰다. 그러자 두 사람은 몸이 엉킨 채 나뭇잎과 가지에 부딪히며 땅 위로 쿵하고 떨어지고 말았다. 아까 조타로가 혼자 떨어졌을 때와는 달리 둘이 한꺼번에 빠른 속도로 떨어졌기 때문에 두 사람은 뒤엉킨 채 기절을 하고 말았다.

이곳 잡목숲은 삼나무 숲으로 이어져 있었다. 그 삼나무 숲 사이로 폭풍우에 부서진 무사시의 오두막이 있었다. 하지만 무사시가 지치부로 떠나던 날 아침, 마을 사람들은 그날부터 무너진 오두막을 힘을 합쳐 다시 세우기 시작했는데 어느덧 지붕과 기둥이 세워져 있었다.

이날 밤, 무사시가 아직 돌아오지 않았는데 벽도 문도 없는 지붕 아래에 등불이 켜져 있었다. 어제 에도에서 수해를 입은 사람들을 살펴러 왔던 다쿠안이 무사시가 돌아올 때까지 기다리며 혼자 묵고 있었던 것이다. 하지만 이 세상에서 혼자 있는 것은 어려운 일인 듯했다. 간밤에는 다쿠안이 홀로 등불을 밝히고 있는데 초저녁이 되자 그 불빛을 보고 한 행각승이 저녁을 먹으려는데 따뜻한 물을 얻을 수 있겠느냐며 찾아왔다.

아까 잡목숲까지 들렸던 피리 소리는 이 늙은 중이 다쿠안에게 들려준 것이었다. 시간도 마침 그가 떡갈나무 잎으로 싼 밥을 다 먹었을 무렵이었다.

역도

노승은 눈병 때문인지 노안 때문인지 무엇을 할 때마다 손으로 더듬거렸다. 다쿠안이 청을 한 것도 아닌데 한 곡하겠다며 불기 시작한 피리도 초심자처럼 서툴렀다.

하지만 다쿠안은 피리를 들으면서 무언가를 느꼈다. 그가 불고 있는 피리 소리에는 시인이 아닌 사람의 시처럼 기교는 없지만 진심이 담겨 있었다. 음운의 높낮이는 맞지 않았지만 어떤 마음으로 불고 있는지 그 마음만은 충분히 헤아릴 수 있었다. 이 늙고 세상을 등진 행각승이 피리에 담아 부르는 것은 바로 참회였다. 피리 소리는 처음부터 끝까지 참회를 하며 흐느끼는 듯한 대나무 소리와 같았다.

다쿠안은 피리를 듣는 동안 그가 걸어온 생애가 어떤 것이었는지 알 수 있을 듯했다. 위대한 사람이건 평범한 사람이건 사람의 내면은 큰 차이가 없다. 차이가 있다면 그런 내면과 번뇌가 겉으로 나타나는 모습이며, 이 행각승과 다쿠안도 한 자루 피리를 통해 형체가 없는 마음과 마음을 들여다본다면 번뇌의 가죽을 뒤집어쓴 인간에 지나지 않았다.

"흐음, 어디선가 뵌 적이 있는 듯한데……."

다쿠안이 중얼거리자 행각승도 눈을 껌뻑이며 말했다.

"그렇게 말씀하시니 저도 아까부터 어디선지 들어 본 것 같은 목소리인 듯싶습니다. 혹시 스님께서는 다지마의 슈호 다쿠안 스님이 아니십니까? 미마사카의 요시노고에 있는 칠보사에서 오랫동안 머무르시던……."

다쿠안도 퍼뜩 생각난 듯 구석에 있던 어슴푸레한 등잔불의 심지를 돋운 후에 그의 하얗고 성긴 수염과 움푹 들어간 볼을 물끄러미 바라보았다.

"아, 아오키 단자에몬 님이 아니시오?"

"역시 다쿠안 스님이셨군요. 이런 쇠락한 모습, 어디 쥐구멍이 있다면 숨고 싶습니다. 스님, 옛날의 아오키 단자에몬이라 생각하시고 미워하지 마십시오."

"여기서 다시 뵙다니 정말 뜻밖입니다. 칠보사 무렵부터 벌써 십 년이 되었군요."

"그때를 생각하면 참으로 부끄럽습니다. 이젠 들판의 백골이나 다름없는 몸이지만 오직 자식을 생각하며 어둠 속을 헤매며 살아가고 있습니다."

"자식이라니, 자제분은 대체 어디서 어떻게 지내고 있습니까?"

"소문에 의하면, 예전 제가 사누모䋸䒔의 산에서 쫓다가 천 년 삼나무 우듬지에 붙들어 매서 괴롭힌 당시는 다케조라고 불리던 미야모토 무사시의 제자가 되어 여기 간토에 와 있다고 합니다."

"아니, 무사시의 제자?"

"그런 이야기를 들었을 때의 참회와 부끄러움이란, 제가 무슨 면목으로 그 사람 앞에 나설 수 있겠습니까. 한때는 자식도 잊고 무사시에게도 이런 모습을 보이지 않으리라 깊이 뉘우치고 있었습니다만 그래도 만나고 싶은 마음을 어찌할 수가 없었습니다. 손을 꼽아 헤아려보면 조타로도 올해 열여덟이 되었을 터, 그 성장한 모습을 한 번만이라도 볼 수 있다면 죽어도 여한이 없을 것 같아 부끄러움도 버리고 얼마 전부터 이곳 아즈마지東路를 떠돌며 찾고 있습니다."

"허면 조타로가 아오키 님의 아들이었단 말이군요."

이 사실은 다쿠안도 처음 듣는 이야기였다. 어찌 된 셈인지 오쓰나 무사시에게 조타로의 과거에 대해서는 아무 얘기도 들은 적이 없었다.

아오키 단자에몬은 말없이 고개를 끄덕였다. 그의 초췌한 모습에서는 왕년의 메기수염을 기른 무사의 위풍과 왕성한 욕망의 그림자는 전혀 찾아볼 수 없었다. 다쿠안은 그저 숙연히 바라볼 뿐 위로할 말을 찾지 못했다. 이미 인생의 황혼기에 접어든 사람에게 감히 위로의 말을 할 수도 없었기 때문이었다. 그렇다고 지난날을 참회하는 마음 외에는 아무 희망이나 기쁨도 없는 듯 자신을 학대하는 그를 두고 볼 수만은 없었다.

아오키는 모든 것을 잃었을 때, 부처님의 구제나 법열의 경지가 있다는 사실까지 잊어버린 것이 분명했다. 한때는 권력을 휘두르며 자신의 마음대로 세상을 주무르던 사람일수록 다른 한편에서는 고루할 정도로 도덕적인 양심을 지니고 있었기 때문에 그 권력을 놓친 순간, 양심으로 인해 스스로의 여생을 학대하고 있는 듯했다. 그래서 무사시를 만나서 사과를 하고 조타로가 훌륭히 성장한 모습을 보고 장래에 대해 안심을 하게 된다면, 그는 자신이 꿈꿔 온 일생의 소망을 이룬 그다음 날, 어느 숲으로 들어가서 목을 매고 죽을지도 모른다고 생각했다.

그래서 다쿠안은 아들을 만나게 해 주기 전에 우선 부처님을 만나게 해야겠다고 마음먹었다. 십악오역의 악인이라도 구제를 구하면 구제해 주는 부처님을 만나게 한 후에 조타로를 만나게 한다 해도 늦지 않을 것이었다. 무사시와의 해후는 더욱 그러했고 무사시의 마음도 편할 것이었다. 이렇게 생각한 다쿠안은 먼저 아오키에게 에도 부 안에 있는 일선사一禪寺를 가르쳐 주면서 자신의 이름을 대고 얼마간 그곳에 머물러 있으라고 일렀다. 또 며칠 후에 시간을 내서 들를 테니 그때 다른 이야기도 나누자고 덧붙이면서, 조타로에 대해서도 짐작이 가는 바가 있으니 자신이 최선을 다해 반드시 만나게 해 주겠다고, 너무 초조해하지 말고 자신이 갈 때까지 마음 편히 있으라고 다짐을 두었다.

다쿠안은 아오키 단자에몬을 잘 타일러서 무사시의 암자로 떠나보

냈다. 아오키도 다쿠안의 마음을 고맙게 여겨 몇 번이나 인사를 하고 는 거적과 피리를 등에 짊어지고 죽장에 의지해 잘 보이지 않는 눈으로 길을 떠났다.

가는 길이 언덕이었기 때문에 아래로 내려가는 길이 미끄러울 것을 염려한 아오키는 숲 속으로 들어갔다. 길은 삼나무 샛길에서 잡목 숲 샛길로 자연스럽게 이어졌다.

"응?"

한동안 걸어가던 단자에몬의 지팡이에 무언가가 걸렸다. 눈이 완전히 보이지 않는 것은 아니어서 단자에몬은 몸을 구부리고 둘러보았다. 얼마 동안은 아무것도 보이지 않았지만 이윽고 나무 사이로 비치는 별빛에 이슬에 젖은 두 사람이 땅에 쓰러져 있는 것이 희미하게 보였다. 단자에몬은 무엇을 생각했는지 길을 다시 되돌아가서 초암을 들여다보면서 말했다.

"다쿠안 스님, 방금 떠났던 단자에몬인데 요 앞 숲 속에 젊은 사람 둘이 나무에서 떨어져 정신을 잃고 쓰러져 있습니다."

다쿠안이 바깥으로 얼굴을 내밀자 단자에몬이 말을 이었다.

"때마침 가진 약도 없고 이처럼 눈도 잘 보이지 않아 물을 줄 수도 없습니다. 근처에 사는 향사의 자식들이거나 들로 놀러 온 무가의 형제인 듯이 보이는 소년들입니다. 죄송하지만 좀 가서 구해 주셨으면 합니다."

다쿠안은 알았다며 곧 짚신을 신고 언덕 아래로 보이는 초가지붕을 향해 큰 소리로 누군가를 불렀다. 지붕 아래에서 사람이 나오더니 언덕 위의 초암을 올려다보았다. 그 집에 살고 있는 농부였다. 다쿠안은 그를 향해 대나무 통에 물을 준비해서 횃불과 함께 빨리 가지고 오라고 일렀다. 그 횃불이 초암 쪽으로 올라올 무렵, 다쿠안은 아오키에게 길을 가르쳐 주면서 언덕 아래로 내려가게 했다.

아래로 내려가는 아오키와 올라오는 횃불이 언덕 중간에서 스쳐 지나갔다. 만일 아오키가 처음에 헤맸던 길로 갔더라면 분명 횃불에 비친 자신의 아들 조타로를 볼 수 있었을 것이었다. 그러나 에도로 가는 길을 다시 물었던 탓에 오히려 조타로를 보지 못하고 가고 말았다. 하지만 그것이 불행인지 다행인지는 세월이 흐른 뒤에 알 수 있는 일이었다. 인생사란 훗날 되돌아보았을 때에만 그것이 인연이었는지 불행이었는지 알 수 있기 마련이다.

대나무 통에 든 물과 횃불을 들고 올라온 농부는 어제오늘 이 초암을 수리하는 일을 거들어 준 마을 사람 중 한 명이었다. 그는 무슨 일인가 하고 의아한 표정을 지으며 다쿠안의 뒤를 따라 숲속으로 들어갔다.

이윽고 횃불의 붉은 불빛이 단자에몬이 두 사람을 발견한 장소를 비췄다. 하지만 조금 전 광경과는 조금 차이가 있었다. 단자에몬이 발견했을 때는 조타로와 이오리가 서로 겹쳐서 쓰러져 있었지만 지금은 조타로는 깨어나서 멍하니 앉아 있었다. 그는 옆에 쓰러져 있는 이오리를 깨워서 묻고 싶었던 것을 물어야 할지, 아니면 이대로 도망을 치는 것이 좋은지 망설이고 있는 듯했다. 조타로는 이오리의 몸에 한쪽 손을 댄 채 곰곰 생각에 잠겨 있었다. 그 와중에 햇불과 사람의 발자 국 소리가 들리자 조타로는 바로 일어설 자세를 취했다.

"아니?"

다쿠안이 서 있는 바로 곁에서 농부가 활활 타오르는 햇불을 앞으로 내밀었다. 순간 조타로는 상대방이 그다지 경계할 필요가 없는 인물 이라고 생각하고 안심한 듯 자리에 다시 앉으며 올려다보았다. 다쿠 안은 정신을 잃고 있다는 사람이 그곳에 앉아 있었기 때문에 처음에 의아했지만, 이윽고 서로의 모습을 물끄러미 바라보고 있는 동안 아 까 다쿠안이 '아니?'라고 외친 말이 이번에는 두 사람의 입에서 동시 에 나왔다.

다쿠안이 본 조타로는 자라서 몸집이 훨씬 커져 있었고 얼굴과 모 습도 달라져서 한동안 알아보지 못했지만 조타로는 한눈에 다쿠안을 알아보았다.

"너는 조타로가 아니냐?"

이윽고 다쿠안이 두 눈을 크게 뜨면서 말했다. 다쿠안은 자신을 올 려다보던 조타로가 퍼뜩 두 손으로 땅을 짚고 고개를 숙이자 그제야 그를 알아본 것이었다.

"예. 예, 그렇습니다."

다쿠안의 모습을 보자 조타로는 예전의 코흘리개 아이로 되돌아 간 듯 그저 송구스러워했다.

"흐음, 네가 조타로란 말이냐? 어느덧 몰라볼 만큼 어엿한 젊은이가 되었구나."

조타로의 어른스런 모습에 놀라며 한동안 바라보던 다쿠안은 먼저 이오리를 치료해야겠다고 생각했다. 이오리의 몸을 만져 보자 다행히도 따뜻했다. 다쿠안이 대나무 통에 있던 물을 먹이자 이오리는 이내 의식을 회복하고는 주위를 두리번거리며 눈을 끔뻑이더니 갑자기 큰 소리로 울기 시작했다.

"아프냐? 어디가 아픈 게냐?"

다쿠안이 묻자 이오리는 고개를 저으며 아픈 데는 없지만 스승님이 없고 또 스승님이 지치부의 감옥에 끌려갔는데 그것이 무섭다며 울면서 호소했다. 우는 모습과 말하는 것이 모두 뜬금없어서 다쿠안은 쉽사리 그 뜻을 알 수가 없었다. 하지만 천천히 내막을 묻고 또 들으면서 예삿일이 아님을 깨달은 그는 이오리와 똑같이 걱정했다. 두 사람이 주고받는 이야기를 옆에서 듣고 있던 조타로는 온몸에 소름이 끼친 듯 근심스런 얼굴에 떨리는 목소리로 말했다.

"다쿠안 스님, 드릴 말씀이 있습니다. 어디 사람이 없는 곳에서……."

울음을 그친 이오리가 의심이 가득 찬 눈초리로 다쿠안 곁으로 가더니 손가락으로 가리키며 말했다.

"다쿠안 스님, 저자는 도적과 한패예요. 저자가 하는 말은 모두 거짓말이니 믿으면 안 돼요."

조타로가 노려보자 이오리는 언제든지 상대해 주겠다는 눈으로 마주보았다.

"둘 다 싸우지 말거라. 너희들은 본시 같은 스승을 모시는 동문이 아니냐? 내 결정에 맡기고 따라오너라."

초암으로 돌아오자 다쿠안은 둘에게 명해서 초암 앞에 화톳불을 피우게 했다.

농부는 일이 끝나자 언덕 아래에 있는 자신의 집으로 돌아갔다. 다쿠안은 불 옆에 걸터앉아서 둘에게도 화톳불 옆에 앉으라고 했지만 이오리는 좀처럼 다가와 앉으려고 하지 않았다. 도적인 조타로와 동문이 되는 것을 한사코 거부하는 표정이었다. 하지만 다쿠안과 조타로가 사뭇 정답게 옛이야기를 나누고 있는 모습을 보자 은근히 샘이 났는지 어느덧 화톳불 곁으로 와서 불을 쬐고 있었다. 그러고는 다쿠안과 조타로가 낮은 목소리로 이야기하는 것을 가만히 듣고 있었다. 조타로는 부처님 앞에서 참회하는 여인처럼 눈물까지 글썽이며 묻지 않은 말까지 전부 털어놓았다.

"예, 그렇습니다. 스승님 곁을 떠난 지 꼭 사 년째입니다. 그동안 저는 나라이의 다이조란 사람 밑에서 자랐고, 그 사람의 가르침을 받았으며 또 그 사람의 큰 야망과 세상 돌아가는 형편을 매일 들었습니다. 그러다 보니 그 사람을 위해서라면 목숨을 버려도 아깝지 않다고 생각하게 되었습니다. 그 후로 오늘까지 다이조 님의 일을 도왔지만 도적이라는 소리를 듣게 되다니 정말 억울합니다. 저도 무사시 스승님의 제자이고, 스승님의 곁을 떠난 뒤에도 마음속으로는 스승님과 하루도 떨어져 있다고 생각하지 않았습니다."

조타로는 이야기를 계속했다.

"다이조 님과 저는 천지신명께 저희들의 목적을 남에게 말하지 않겠다고 맹세를 했습니다. 그것이 무엇인지는 비록 다쿠안 스님일지라도 말씀드릴 수 없습니다만, 스승이신 무사시 님이 보물창고를 털었다는 누명을 쓰고 지치부의 감옥으로 끌려간 이상 모른 체하고 있을 수는 없습니다. 내일이라도 당장 지치부로 가서 자수하고 스승님이 풀려나시도록 하겠습니다."

다쿠안은 조타로의 이야기를 아무 말 없이 고개를 끄덕이며 듣고 있다가 문득 얼굴을 들더니 물었다.

"그렇다면 보물창고를 턴 것은 너와 다이조가 한 일이 틀림없느냐?"

"예."

조타로는 하늘을 우러러 조금도 부끄러울 것이 없다는 말투였다. 다쿠안이 뚫어지게 바라보자 조타로는 눈을 내리깔고 말았다.

"그럼 역시 도적이지 않느냐?"

"아닙니다. 결코 여느 도적과는 다릅니다."

"도적에도 차이가 있느냐?"

"저희들은 사욕이 없습니다. 천하백성을 위해 다만 공공의 재물을 움직일 따름입니다."

"무슨 말인지 모르겠구나. 그럼 너는 중국의 소설 등에 자주 나오는 의적이란 말이냐?"

"그에 대해 말을 하자면 자연히 다이조 님의 비밀을 털어놓는 것이 되기 때문에 지금은 무슨 말을 들어도 말씀드릴 수가 없습니다."

"하하하, 내 꼬임에는 넘어 오지 않겠다는 말이로구나."

"하여간 스승님을 구하기 위해서 저는 자수를 하겠습니다. 스님께서 부디 나중에라도 스승님께 잘 말씀해 주시기 바랍니다."

"나는 그런 부탁은 들어줄 수 없다. 무사시는 본시 누명을 뒤집어쓴 것이니 네가 자수하지 않더라도 분명 풀려날 것이다. 그보다 너는 이 다쿠안을 통해서 부처님께 진실된 마음을 털어놓을 생각은 없느냐?"

"부처님께 말입니까?"

조타로는 한 번도 생각해 본 적이 없다는 듯 되물었다.

"그렇다."

다쿠안이 타이르듯 말했다.

"네가 하는 이야기를 들으니 세상을 위해서라거나 남을 위해서라고 자랑스러운 듯 말하는데 그것은 다른 사람을 위해서라기보다 자기 자신을 위한 일이 아니더냐? 네 주위에 불행한 사람은 아무도 없느냐?"

"자신의 일신을 돌보다가는 천하대사를 이룰 수가 없습니다."

"어리석은 놈."

다쿠안은 일갈하며 조타로의 뺨을 힘껏 후려쳤다. 뜻밖에 뺨을 얻어맞은 조타로는 두 손으로 뺨을 감싼 채 어찌할 바를 몰라 했다.

"자신이 근본이 아니더냐. 모든 것은 자기 자신으로부터 발현하는 것이다. 자기 자신도 돌보지 못하는 자가 다른 사람을 위해 무엇을 할 수 있단 말이냐?"

"저는 자신의 욕망 따위는 생각지 않는다고 말씀드린 것입니다."

"닥쳐라. 너는 네 자신이 인간으로서 아직 미숙한 존재라는 것을 알지 못하느냐. 터럭만큼도 세상을 모르는 녀석이 마치 세상을 달관한 듯한 얼굴로 터무니없는 대망에 정신을 빼앗긴 것만큼 무서운 것은 없다. 조타로, 너나 다이조가 무슨 일을 하는지 이제야 알겠다. 더 이상 묻지 않아도 알겠다. 바보 같은 녀석, 몸집만 커졌지 마음은 한 치도 자라지 않았구나. 무엇이 분해 그리 우느냐? 가서 코나 팽 하고 풀거라!"

조타로는 다쿠안에게 그만 자라는 말을 듣고 어쩔 수 없이 근처에 있는 거적을 뒤집어쓰고 누웠다. 다쿠안과 이오리는 잠이 들었지만 조타로는 잠을 잘 수가 없었다. 밤새 감옥에 갇혀 있는 무사시의 안부가 걱정되어 가슴에 손을 얹고 마음속으로 죄송하다고 몇 번이나 사죄를 했다. 하늘을 보고 누워 있는 조타로의 눈에서 눈물이 흘러 귓가를 적셨다. 모로 돌아누워서 다시 생각했다.

'오츠 님은 어떻게 됐을까, 오츠 님께는 더욱 얼굴을 들 수가 없구나. 스님의 주먹은 아팠지만 만일 오츠 님이 있었다면 때리는 대신 자신의 가슴을 움켜쥐고 울면서 나무랐을 것이다. 그렇지만 아무에게도 말하지 않겠다고 맹세한 비밀을 털어놓을 수는 없었다. 날이 밝으면

다쿠안 스님께 또 꾸중을 들을 것이다.'

조타로는 지금 도망을 쳐야겠다고 생각하고 몸을 일으켰다. 벽도 천장도 없는 초암을 빠져 나가기란 너무 쉬운 일이었다. 조타로는 곧 밖으로 나갔다. 별을 올려다보았다. 서두르지 않으면 곧 날이 밝을 듯했다.

"이놈, 거기 서라."

걸음을 옮기려던 조타로는 등 뒤에서 난 소리에 오싹하며 놀랐다. 마치 자신의 그림자처럼 다쿠안 뒤에 서 있었다. 다쿠안이 다가와서 조타로의 어깨에 손을 얹었다.

"무슨 일이 있어도 자수를 할 셈이냐?"

"……"

조타로가 말없이 고개를 끄덕이자 다쿠안은 측은하다는 듯 말했다.

"생각이 짧은 녀석이구나. 그리 개죽음하고 싶으냐?"

"개죽음이라니요?"

"그렇다. 너는 네가 범인이라고 자수를 하면 무사시가 풀려날 것이라고 생각하는 모양이다만 세상은 그리 만만하지 않다. 관가의 사람들은 네가 나에게는 말하지 않았던 사실까지 전부 실토하지 않으면 납득을 하지 않을 것이다. 무사시는 무사시대로 감옥에 계속 잡아 두고 너를 일 년이고 이 년이고 살려 두고 고문할 것이 뻔하다."

"……"

"그것이 개죽음이 아니고 무엇이냐? 정말로 스승의 누명을 벗기고자 한다면 먼저 네 자신의 몸부터 씻어 내지 않으면 안 될 것이다. 자,

관아에서 고문을 받는 것이 좋겠느냐? 아니면 내게 털어놓는 것이 좋겠느냐?"

"……."

"나는 부처님의 제자이니 내가 묻는다고 해서 내가 네 죄를 심판하는 것이 아니다. 부처님의 심중에 여쭙고 부처님의 처벌을 전할 뿐이다."

"……."

"그것도 싫다면 또 다른 방법이 있다. 어젯밤 나는 우연히 네 부친인 아오키 단자에몬을 여기에서 만났다. 부처님의 뜻인지 바로 그 뒤에 너를 다시 만나게 되었구나. 아오키는 내가 소개한 에도의 절에 있을 것이다. 어차피 죽을 것이라면 아버지를 한 번 만나고 난 후라도 상관없을 것이다. 그리고 내 말이 맞는지 틀린지 네 부친에게도 물어보도록 해라."

"……."

"조타로, 네 앞에는 세 가지 길이 있다. 내가 지금 말한 세 가지 방법이다. 그 가운데 하나를 선택하도록 해라."

다쿠안은 그렇게 말하고 잠자리로 돌아가 누웠다.

조타로는 어제 이오리와 나무 위에서 싸우고 있을 때, 멀리서 들린 피리 소리를 떠올렸다. 그것이 자신의 아버지였다는 말을 듣자 헤어진 후로 아버지가 어떤 모습, 어떤 심정으로 세상을 떠돌아다니고 있는지 묻지 않아도 절절히 알 수 있었다.

"다쿠안 스님, 말하겠습니다! 다른 사람에겐 말하지 않겠다고 다이조 님께 맹세했지만 부처님께 모든 것을 말하겠습니다."

조타로는 그렇게 외치면서 다쿠안 소매를 붙잡고 숲 속으로 데리고 갔다. 어둠 속에서 혼자 한없이 긴 독백을 하듯 조타로는 가슴속에 있는 모든 것을 털어놓았다. 다쿠안은 처음부터 끝까지 한 마디도 하지 않고 조타로의 말을 듣고 있었다.

"이제는 더 이상 말씀드릴 것이 없습니다."

조타로 그렇게 말하고 입을 다물자 다쿠안은 비로소 물었다.

"그것뿐이냐?"

"예, 이것뿐입니다."

"됐다."

다쿠안은 그렇게 말하더니 반 시각이나 아무 말도 하지 않았다. 삼나무 숲 위의 하늘이 물색으로 밝아지고 있었다. 까마귀 떼가 시끄럽게 울어 댔고 주위가 환하게 보이기 시작했다. 다쿠안은 피곤한 듯 삼나무 밑동에 앉아 있었다. 조타로는 다쿠안의 꾸지람을 기다리고 있는 듯 몸을 나무에 기댄 채 고개를 숙이고 있었다.

"터무니없는 무리들과 얽히고 말았구나. 이 거대한 천하가 어떻게 돌아가고 있는지 전혀 보지 못하는 불쌍한 자들이구나. 하지만 일을 벌이기 전이어서 다행이다."

이렇게 중얼거리는 다쿠안의 표정은 더 이상 아무것도 걱정하지 않는 듯했다. 다쿠안은 품속에서 있을 것 같지 않은 황금 두 장을 꺼내서 조타로에게 내밀며 지금부터 바로 길을 떠나라고 일렀다.

"한시라도 빨리 서두르지 않으면 너뿐 아니라 아버지와 스승에게도 화가 미칠 것이다. 당장 먼 나라로 도망치거라. 특히 고슈지^{甲州路}에서 기소지^{木會路}는 피해야 한다. 어제 오후부터 이미 검문소의 검문이 한층 엄해졌으니 말이다."

"스승님은 어떻게 되는지요? 저 때문에 그렇게 되셨는데 이대로 떠날 수……."

"그 문제는 이 다쿠안이 맡아서 처리할 것이다. 이 년이고 삼 년이고 일이 잠잠해졌을 때 무사시를 찾아가서 사죄를 하는 것이 좋을 게다. 그때는 나도 잘 말해 주도록 하마."

"그럼……."

"잠깐."

"예."

"떠나는 길에 에도에 들리도록 해라. 아자부 촌^{麻布村}에 있는 정수암^{正受庵}이라는 선사^{禪寺}에 가면 네 부친이 먼저 도착해서 계실 것이다."

"예."

"여기 대덕사의 인가^{印可}가 있으니 정수암에서 삿갓과 가사를 얻어서 입은 다음 단자에몬과 함께 길을 재촉하도록 하거라."

"꼭 승복을 입고 가야 하는지요?"

"이런 어처구니없는 놈. 네가 무슨 죄를 졌는지도 모르느냐? 지금 도쿠가와가의 새로운 장군을 저격하고 그 혼란을 틈타 오고쇼^{大御所}가 계시는 슴푸^{駿府}에도 불을 지르고 일거에 이 간토 지방을 혼란에 빠뜨린 다음 거사를 일으키려는 어리석은 자들의 하수인 중 한 명이 바로 네가 아니냐? 달리 말하면 역도란 말이다. 붙잡히면 목이 달아날 것이 뻔하다."

"……."

"가거라. 날이 밝기 전에 어서."

"스님, 한 가지 더 여쭙겠습니다. 도쿠가와가를 무너뜨리려는 자는 어째서 역도인지요? 도요토미가를 쓰러뜨리고 천하를 가로채는 자는 어째서 역도가 아닌 것인지요?"

"나는 모른다."

다쿠안은 그렇게 말하는 조타로를 무서운 눈초리로 노려보았다. 그것은 어느 누구도 설명을 할 수 없는 것이었다. 다쿠안은 조타로를 논리적으로 납득시킬 수는 있었지만 아직 자기 자신조차 그 이유를 확신하고 있지 못했다. 그러나 날이 갈수록 도쿠가와가에 대항하는 자를 역적이라고 불러도 이상하지 않은 세상으로 변해 가고 있는 것만은 확실했다. 그리고 그 거대한 시대의 흐름을 거스르는 자는 반드시 오명과 비운을 입고 시대의 뒤편으로 사라져가고 있다는 사실도 부정할 수 없었다.

석 류

그날 다쿠안은 이오리를 데리고 아카기^{赤城} 언덕에 있는 호조 아와노가미의 집으로 갔다. 지난번에 왔을 때와는 달리 현관 옆에 있는 단풍나무에 노란 단풍이 들어 있었다.

"계시느냐?"

다쿠안이 묻자 동자가 잠깐 기다리시라며 안으로 뛰어갔다. 신조가 안에서 나오며 부친은 지금 성에 들어가 있으니 올라와서 기다리시라고 권했다.

"등청하셨단 말인가? 마침 잘 됐군."

다쿠안은 그렇게 말하고 자기도 지금 성으로 들어가려는데 이오리를 당분간 이곳에 묵게 해 달라고 부탁했다.

"알겠습니다. 걱정 마십시오."

이미 아는 사이였던 신조가 이오리를 힐끗 보며 웃었다.

"성에 들어가신다면 가마를 대령시키겠습니다."

"부탁하네."

가마를 준비하는 동안 다쿠안은 단풍나무 아래에 서서 나뭇가지를 올려다보다가 문득 생각난 듯 물었다.

"참, 에도에서 봉행奉行을 하는 직職을 뭐라고 하던데?"

"마치町 말씀인가요?"

"그렇군. 그 '마치봉행町奉行'이라는 직제가 새로 생기지 않았나?"

"호리 시키부쇼유堀式部小輔 님이십니다."

가마가 준비되자 다쿠안은 이오리에게 장난치지 말고 얌전히 있으라고 이르고 가마에 몸을 실었다.

가마가 단풍나무 아래를 지나 천천히 문밖으로 나갔다. 이오리는 벌써 한곳에 가만히 있지 못하고 마구간을 들여다보고 있었다. 마구간은 두 채가 있었는데 밤색과 흰색 등 좋은 말들이 많았고 모두 건강했다. 이오리는 밭에서 일도 하지 않는 말들을 왜 이렇게 많이 기르고 있는지 이상하게 생각했다.

"그래, 전쟁 때 쓰는 걸 거야."

그렇게 생각하고 말의 얼굴을 자세히 살펴보자 무가의 말과 들의 말은 얼굴이 서로 달랐다. 이오리에게 말은 어려서부터 좋은 벗이었다. 이오리는 말이 좋았다. 아무리 보고 있어도 싫증이 나지 않았다. 그때 현관 쪽에서 신조가 큰 소리로 무슨 말인가를 했다. 이오리는 야단을 맞을 줄 알고 뒤를 돌아보자 현관에 방금 들어온 듯한 깡마른 노파가 무서운 얼굴로 지팡이를 짚고 서서 댓돌에 서 있는 신조를 노려보고 있었다.

"계시는데 안 계신다고 거짓말을 한다니 그 무슨 허튼소리요? 당신과 같은 생판 처음 보는 노인에게 아버님이 무엇 때문에 그러시겠소. 안 계시니 안 계신다고 하는 것이오."

노파의 태도가 신조를 몹시 화나게 만든 모양이었다. 신조의 말에 노파도 화를 내며 말했다.

"기분이 상했소이까? 아와노가미 님을 아버지라고 부르는 것을 보니 그대가 이 댁 자제인 듯한데 내가 대체 몇 번이나 이곳에 왔는지 아시오? 대여섯 번이라면 말을 하지 않겠소. 그때마다 안 계신다고 하니 그런 생각이 드는 것도 무리가 아니지 않소?"

"몇 번을 찾아왔는지 모르지만 아버님은 사람을 만나는 것을 좋아하시지 않으시오. 만나지 않겠다고 하시는데 억지로 찾아오는 것도 잘못이오."

"사람 만나는 것을 싫어한다고? 그것 참 딱한 말씀이오. 허면 그대의 아버지는 어째서 사람들과 함께 살고 계시는 것이오?"

오스기는 오늘은 만나지 못하면 절대로 돌아가지 않겠다는 표정이었다. 그녀는 사람들이 자신을 노인이라고 업신여긴다는 자격지심이 남들보다 훨씬 강했다. 그래서 더욱 이와 같은 태도를 보이는 듯했다. 젊은 신조는 어떻게 대해야 할지 거북스러웠다. 말을 잘못했다가는 말꼬리를 붙들고 늘어질 판이었다. 한두 번 호통 치는 것 따위로는 눈썹 하나 까딱하지 않고 오히려 이따금 누런 이를 드러내며 비웃기까지 했다.

신조는 오스기의 무례한 태도를 보고 칼을 잡으며 겁을 주고 싶기도 했지만 초조해하면 지는 것이라고 생각하고, 또 그래봤자 소용이 있을지 의심스러웠다.

"아버님은 안 계시지만 우선 거기 앉는 게 어떻겠소? 할 말이 있으면 내게 하는 것은 어떻겠소?"

신조가 화를 꾹 참으며 그렇게 말하자 예상했던 것 이상으로 효과가 있었다.

"오가와大川 강가에서 우시고메까지 걸어오는 것도 예삿일이 아닌지라 실은 다리도 아프니 말씀대로 앉도록 하겠소."

오스기는 이내 댓돌 끝에 엉덩이를 걸치고 앉아 다리를 쭉 뻗으면서도 입은 피곤하지 않은 기색이었다.

"방금처럼 친절하게 말을 하니 이 늙은이도 큰 소리를 낸 것이 부끄럽구려. 그럼 찾아온 용건을 이야기할 테니 아버님이 돌아오시거든 잘 전해 주시구려."

"알았소. 그래, 아버님께 말씀드리고 싶다거나 주의를 주고 싶다는 것이 무엇이오?"

"다름 아니라 사쿠슈의 낭인 미야모토 무사시에 관한 이야기요."

"그래, 무사시가 어쨌다는 것이오?"

"그자는 열일곱 살 무렵, 세키가하라 전투에 나가 도쿠가와가와 싸

운 자라오. 더욱이 향리에서는 나쁜 짓을 수없이 많이 해서 마을에서
는 누구 한 명 무사시를 좋게 말하는 이가 없소. 게다가 사람을 많이
죽였음은 물론이고 이 노파의 원수가 되어 여러 나라로 도망쳐 다니
는 못된 낭인이오."

"잠, 잠깐!"

"아니오, 내 말을 마저 들으시오. 그뿐 아니라 그자는 내 아들의 정
혼자인 오츠를 유혹해서는, 친구의 아내가 되기로 정해진 여자까지
유괴해서……."

"잠, 잠깐만!"

신조는 손으로 제지하며 물었다.

"대체 할멈의 목적이 무엇이오? 왜 무사시의 험담을 하고 다니는 것
이오?"

"터무니없는 소리! 천하를 위해서이외다."

"무사시를 참소하는 게 어찌 천하를 위하는 것이란 말이오?"

"되다마다."

오스기는 정색을 하며 말했다.

"듣자 하니 교활한 무사시가 어떻게 했는지 모르지만 이 댁의 호조
아와노가미 님과 다쿠안의 천거로 머잖아 장군 가의 사범으로 들어
갈 것이라고 하더이다."

"그런 소문은 누구에게 들었소?"

"오노小野 도장에 갔던 자로부터 분명히 들었소."

"그러니까 그것이 어쨌다는 것이오?"

"무사시는 방금 말한 것과 같이 천하의 나쁜 인간이오. 그와 같은 자를 장군 가에 천거하는 것조차 보기 흉한데 사범이라니 참으로 어불성설이오. 장군 가의 사범이라고 하면 천하의 스승. 무사시 따위가 어찌 언감생심 욕심을 낼 수 있겠소. 참으로 몸이 떨려 말도 나오지 않을 지경이오. 나는 그것을 아와노가미 님에게 간하러 온 것이오. 아시겠소이까?"

신조는 무사시를 믿고 있었다. 아버지와 다쿠안이 무사시를 장군 가의 사범으로 천거한 것도 잘된 일이라고 기뻐하고 있는 터였다. 그래서 오스기가 떠들어 대는 말을 꾹 참고 들으려고 애를 써도 내심 불쾌한 표정이 겉으로 나타날 수밖에 없었다. 하지만 입에서 침을 튀기며 떠들어 대는 오스기는 그런 신조의 표정 따위는 거들떠보지도 않았다.

"그런고로 아와노가미 님께 간해서 그만두시도록 하는 게 천하를 위한 길이오. 그대도 부디 무사시에게 속아 넘어가지 않는 것이 좋을 것이오."

듣고 있자니 끝이 없었다. 신조는 더 이상 듣고 있는 것이 불쾌해져서 시끄럽다고 일갈을 해주고 싶었지만 그랬다가는 오히려 더 물고 늘어질지 모른다고 생각했다.

"알았소."

신조는 불쾌함을 꾹 참고 오스기를 재촉했다.

"무슨 뜻인지 잘 알았으니 아버님께 전하도록 하겠소."

"부디 부탁하오."

오스기는 다짐을 두고 겨우 목적을 달성했다는 듯 짚신을 끌며 문밖으로 뚜벅뚜벅 걸어 나갔다. 그런데 누군가 고함을 질렀다.

"야, 할망구!"

오스기는 깜짝 놀라 걸음을 멈추고 소리쳤다.

"누구냐?"

사방을 둘러보자 나무 뒤편에 있던 이오리가 혀를 삐죽 내밀며 무언가를 집어 던졌다.

"이거나 먹어라."

"아이고!"

오스기는 가슴을 부여잡고 땅에 떨어진 것을 보자 근처에 몇 개 떨어져 있는 석류 중 하나가 터져 있었다.

"요놈!"

오스기는 다른 열매 한 개를 주워 손을 번쩍 들었다. 이오리가 욕을 하면서 도망을 치자 오스기가 마구간이 있는 모퉁이까지 쫓아가서 문득 옆을 본 순간, 이번에는 부드러운 무언가가 얼굴 정면을 향해 날아오더니 터져 버렸다. 말똥이었다. 오스기는 침을 퉤퉤 뱉었다. 얼굴에 붙은 말똥을 손으로 잡아떼자 눈물이 함께 흘러내렸다. 이런 일을 당하는 것도 다 자식을 위해 길을 나섰기 때문이라는 생각이 들자 서글픈 생각이 들었기 때문이었다.

"……."

멀리 도망간 이오리는 그늘에서 얼굴을 내밀고 있었다. 오스기가 서글프게 울고 있는 모습을 보자 이오리도 갑자기 풀이 죽어 무슨 큰 죄를 지은 것처럼 무서워졌다. 오스기에게 가서 사과를 하고 싶어졌다. 이오리의 가슴에는 스승인 무사시를 욕한 것에 대한 분노가 아직도 가시지 않았지만 노파가 울고 있는 모습을 보니 슬퍼졌다. 이오리는 이러지도 저러지도 못하고 손톱을 깨물고 있었는데 높은 벼랑 위의 방에서 신조가 부르자 살았다는 듯 뛰어 올라갔다.

"이오리, 저녁 무렵의 후지 산이 보이니 와서 보거라."

"아, 후지 산."

이오리는 후지 산을 보는 순간 모든 것을 잊어버렸다. 신조도 모든 것을 잊어버린 듯한 표정이었다. 오늘의 일을 부친에게 전할 생각은 애시당초 전혀 없었던 것이다.

9권에 계속